Quentin Quencher

Mein
Ausreiseantrag

Erinnerungen

Bibliografische Information der Deutschen Nationalbibliothek. Die Deutsche Nationalbibliothek verzeichnet diese Publikation in der Deutschen Nationalbibliografie; detaillierte bibliografische Daten sind im Internet über www.d-nb.de abrufbar.

© 2018 Quentin Quencher
Herstellung und Verlag:
BoD – Books on Demand, Norderstedt.

ISBN: 9783752812558

Covergestaltung, Satz und
Layout: Quentin Quencher

Für Hermann

Dessen Gelächter über
den Osterstrauß mir
bis heute nachhallt

Inhalt

Vorwort

Eigentlich sollte der Text ›Ein politisierter Osterstrauß‹ nur ein Blogpost für ›Glitzerwasser‹ und die ›Achse des Guten‹ werden und in der Hauptsache, wie das bei Texten dieser Art üblich ist, Tagesaktuelles besprechen, mit Rückgriffen auf die zur Herleitung notwendigen Erkenntnisse und Erfahrungen aus der Vergangenheit.

Doch dann kam es anders. Bislang hatte ich mich recht wenig mit meiner Kindheit und Jugend in der DDR beschäftigt. Jedenfalls nicht öffentlich, privat in meinem stillen Kämmerlein tue ich dies natürlich ständig. Nicht wegen irgendwelcher Traumata, die ich mit mir herumschleppen würde, jedenfalls möchte ich nicht jede erlittene Verletzung zu einem solchen aufbauschen, nein, diese Rückgriffe geschehen einfach, um das eigene ›Ich‹ besser zu verstehen. Warum man eben so geworden ist, wie man ist. Jeder, der ein wenig zur Selbstreflexion neigt, tut das, egal wo und wie er aufgewachsen ist.

Diese meine Geschichte eines Ausreiseantrages aus der DDR, kann deshalb nicht erzählt werden, ohne eine kurze Beschreibung der Welt, in der ich entstand. Menschen werden gemacht, von ihrer Umwelt, den Lebensumständen, ihrer Herkunft, und doch ist oft mehr in ihnen, etwas was wohl von Geburt an angelegt ist und nur darauf wartet geweckt zu werden.

Doch dann, wenn dies geweckt wurde, was von anderen als die ganz spezielle Persönlichkeit wahr genommen wird, beginnt die Abgrenzung und Zuordnung in allen möglichen und unmöglichen Lebenszusammenhängen.

Ich will damit nicht sagen, dass ich zum Oppositionellen in der DDR erzogen wurde, dies keinesfalls, doch meine Umwelt machte mich dazu. Von da an, von diesem Augenblick, als klar war, dass ich mich als nicht zugehörig zum System DDR empfand, und das war schon in der Kindheit, gab es nur noch diesen für mich gangbaren Weg. Es erforderte keine Überwindung die DDR zu verlassen, es war geradezu zwangsläufig. Wäre ich dort geblieben, ich hätte mich verbiegen, mir selbst ins Gesicht lügen müssen.

Viele dieser Erinnerungen drängten sich nun in den Vordergrund, als ich den ›Osterstrauß‹ schrieb, das meiste davon steht nicht hier in diesem Buch, es wäre ein eigenes geworden, nur vier kleine Episoden, als Prolog, die erzählen, aus welchem Nest ich komme. Elternhaus und Milieu bedürfen einen kurzen Blick, nur um zu verstehen, was für ein Mensch der Quentin eigentlich ist. Immer hat eine Geschichte auch ein Vorspiel.

Kommen wir zurück zum ›politisierten Osterstrauß‹; als der geschrieben und in den beiden Blogs veröffentlicht war, erste Rückmeldungen eintrudelten, wurde klar, ich muss weiter erzählen. Genau das geschah dann auch und so ist diese kleine Geschichte meines Ausreiseantrages entstanden.

Erster Prolog:

Die Kinderkrippe

Meine früheste Erinnerung ist eigentlich unmöglich, ich war viel zu jung, sondern etwas was man mir über mich erzählte. Doch da es nun in mir als ein den Charakter beschreibendes Element vorhanden ist, fühlt es sich wie eine Erinnerung an.

Im Alter von knapp über einem Jahr wurde ich in eine Kinderkrippe gesteckt, das war 1961. Dort aber, muss ich nur Theater veranstaltet haben, immer geschrienen oder phlegmatisch in der Ecke gehockt sein. Ansprechbar wäre ich kaum gewesen, später deutete ich dieses Verhalten als Protest, gegen etwas was mit mir geschah, ich aber natürlich noch nicht wissen konnte, was es war. Diese Kinderkrippe war keine Kita, keine Kindertagesstätte, sondern die Kinder wurden dort für eine ganze Woche abgegeben.

Wochenkinderkrippen wurden in der DDR speziell für Eltern eingerichtet, die eine hohe zeitliche Belastung hatten, wie Schichtarbeiter beispielsweise, aber nicht nur für diese. Mein Vater war Schmied, die Mutter Weberin, beide mussten gelegentlich in Wechselschicht arbeiten, doch das war wohl nicht der Hauptgrund dafür, dass ich diese Einrichtung abgeschoben wurde, die Mutter hatte ja schon ihren Job meinetwegen aufgegeben, sondern die beengte Wohnsituation und die Absicht, vor allem meines Vaters, diese zu verbessern.

Aufgewachsen bin ich in einem dieser in den 1930er Jahren errichteten Siedlungshäuschen. Doppelhaushälften mit minimaler Ausstattung, allerdings mit großzügigem Grundstück. Es bestand Anfangs, als es 1937 bezugsfertig war, lediglich aus zwei Räumen im Erdgeschoss, einer Waschküche in Kombination mit dem Flur und einer Toilette, sowie zwei Dachzimmern im Obergeschoss.

An diesem Häuschen, das schon als es neu erbaut wurde, kaum die Standards des Sozialwohnungsbaus der 1920er Jahre erreichte, wurde ständig gewerkelt, um eine einigermaßen erträgliche und zeitgemäße Wohnsituation herzustellen. Es wurde um-, an- und ausgebaut, aufgestockt, unterkellert und modernisiert.

Eines oder mehrere dieser Vorhaben waren wohl auch der Grund, warum ich in die Kinderkrippe gegeben wurde. Über diesen Grund wurde aber später von meinen Eltern nur ungern geredet, es wurden mir auch verschiedene Erklärungen angeboten, warum es denn notwendig war, mich wegzugeben, wie es manchmal genannt wurde.

Der Großvater väterlicherseits war in Stalingrad geblieben, so wohnten nun dort noch eine Großmutter, sowie meine Eltern und ich. Später kamen noch die Großmutter mütterlicherseits dazu, als diese Witwe wurde, sowie meine zwei jüngeren Geschwister.

Meine Mutter war als Heimatvertriebene nach Glauchau, einer südwestlichen sächsischen Kreisstadt gekommen. Ihre Eltern lebten beide noch, der Vater hatte den Krieg unversehrt überstanden, und obwohl meine Mutter manchmal über die Kämpfe in und um der Festung Breslau sprach, die sie nur vom Hörensagen kannte, so erwähnte sie nie, ob auch ihr Vater Soldat gewesen sei. Nur ihre Heimat, Schlesien, war allgegenwärtig, bis heute ist es ihre Heimat geblieben, obwohl sie gerade acht Jahre alt war, als sie und ihre Familie dort weg mussten. Mit ihr, ihr ganzes soziales Umfeld, Onkels, Tanten, Cousins und Cousinen, die nun verstreut über Deutschland lebten, Ost und West, und die noch eine große

Rolle in meiner Entwicklung spielen sollten. Briefe, Weihnachts- und Geburtstagsglückwunschkarten, nicht zuletzt die Westpakete und gelegentliche Besuche machten mir schon in ganz frühen Kindertagen klar, dass es eine andere Welt als die von mir erlebte gibt.

Doch dies konnte natürlich noch keine Rolle gespielt haben, als ich im Alter von einem Jahr, in dieser Kinderkrippe, ersten Protest übte. Aufbegehren gegen empfundene Ungerechtigkeit müsse zu meiner Natur gehören, jedenfalls stellte es sich mir später so dar, und diente als Erklärung, warum ich protestierte gegen etwas, was ich zwar nicht verstand, das Gefühl mir aber zu verstehen gab, dass es widernatürlich ist.

Was kann ein Einjähriger tun, wenn derartiges mit ihm geschieht? Er schreit!

Und so schrie ich innerlich auch später, vor allem dann, wenn ich Dinge tun oder glauben sollte, von denen mir meine Intuition sagte, dass diese nicht normal sein können. Wenn es alle anderen tun oder glauben, dann sind eben alle anderen nicht normal.

Entweder wurde der Grundstein für ein Außenseitertum in dieser Kinderkrippe gelegt, oder eine ganz normale Reaktion, dass nämlich ein Einjähriger lieber bei seiner Mutter ist, als die ganze Woche bei irgendwelchen Fremden, diente von nun an als Erklärung, warum ein Angepasst-Sein nicht meinem Naturell entspricht.

Auch wenn diese früheste Erinnerung an diese Kinderkrippe, die eigentlich keine bewusste ist, und nur entstanden ist, weil man mir darüber erzählt hatte, so ist dennoch ein lebendiges Bild der Dunkelheit davon geblieben. Immer wenn ich später an dem Gebäude vorüberging, in dem diese Kinderkrippe war, so meinte ich, dass dieses Haus keine Fenster hat. Da drinnen muss es dunkel sein, nicht erkennbar wer sich dort noch aufhält, was dort passiert, wer da was von mir will. Ein stickiger Geruch drang scheinbar in die Nase, wie in Kellerräumen die zwar warm sind, aber nie gelüftet werden, und Spinnweben, die ich nicht sehen konnte, strichen über den Rücken.

Es waren nur wenige Wochen, die ich in die dieser Krippe zubringen musste, dann hatten meine Eltern ein Erbarmen, oder die Betreuungspersonen haben sich schlicht geweigert, mich weiterhin dort aufzunehmen. Auch das ist nicht ganz klar, weil ich, je nach Befindlichkeit meiner Eltern, immer wieder verschiedene Auskünfte darüber bekam. Wahrscheinlich hatte es Streit über mich gegeben, in dem sich letztlich meine Mutter durchsetzte.

Zweiter Prolog:

Das Haus

Nun war die Kinderkrippe besiegt und das Elternhaus zum alleinigen Zuhause geworden. Dies steht in einer Siedlung zwischen den Örtchen Schönbörnchen und Gesau, dessen markantester Punkt ein weithin sichtbarer Wasserturm war.

Nach Glauchau wurde dieses Gebiet 1926 eingemeindet und als herausragendes historisches Ereignis ist der Bierkrieg zwischen Meerane und Glauchau zu nennen, auf dessen Höhepunkt 1702 in Schönbörnchen versehentlich ein Richter erschossen wurde. Diesem Streit ums Bier musste sich sogar der sächsische Kurfürst, August der Starke, widmen, denn als die Glauchauer eine vom Kurfürsten verhängte Strafe nicht zahlen wollten – im Grunde ging es bei dieser Auseinandersetzung darum, wer wo welche Rechte hat sein Bier auszuschenken – schickte 1711 der starke August zwei Kompanien Kürassiere nach Glauchau, um das Geld einzutreiben.

Doch diese älteren Geschichten spielten keine besondere Rolle in der Siedlung, die jüngeren schon. So behaupteten manche, es wäre eine Nazisiedlung, ein Vorwurf der generell an die Neubaugebiete, die im Zuge des Siedlungsprogramms ab 1935 entstanden, gemacht wurde. Zumindest in meiner Straße war dies allerdings nicht zutreffend, denn hier waren auch einige als ›Rote‹ bekannte Familien, also Leute die vor Hitlers Machtergreifung eher Sozialdemokraten oder Kommunisten waren. Der einzige Nachteil, den diese Roten hatten, so zumindest der Eindruck vor Ort, war der, dass sie die Nordhälften der Doppelhäuser bezogen. In denen nach Süden ausgerichteten, waren dann eher die NSDAP-Mitglieder zu finden. Unsere Straße, bezeichnenderweise mit dem Namen ›Schreberweg‹, verlief in Nord-Süd-Richtung und da damals diese Bauten geradezu am Fließband entstanden, wurde eben nicht vom Standard abgewichen, was zur Folge hatte, dass die einen eben viel mehr Sonne hatten als die anderen. Nur eines einte alle Siedler, sie stammten durchweg aus der unterprivilegierten Schicht der Gesellschaft, heute würde man vielleicht Prekariat dazu sagen. So erzählte auch meine Mutter von den Einwänden ihrer Eltern gegen ihre beabsichtigte Heirat mit einem ›Siedler‹. Und dies, obwohl meine Mutter ein Flüchtlingskind aus Schlesien war. Dennoch waren die Vorbehalte gegenüber Siedlern, eben typischen Vertretern einer Unterschicht, noch vorhanden.

Mein Elternhaus ist nach Süden ausgerichtet, der Großvater väterlicherseits war in der Partei, Kriegsfreiwilliger auch noch. Nur von seinem neuen Heim an der Sonnenseite hatte er nicht viel, in Stalingrad verliert sich seine Spur. Der Status eines Vermissten machte noch Jahrzehnte seiner Ehefrau, meiner Oma, Hoffnung, er könne noch am Leben sein. Irgendwo in Sibirien vielleicht. Ein Foto von ihm, in Wehrmachtuniform, hing gerahmt in ihrem Wohnzimmer und in diesen Rahmen wurden kleine Fotos von den Enkelkindern gesteckt. Meines war natürlich auch dabei, neben neun anderen. Dieses Bild war meine Verbindung zum Großvater und die Ungewissheit, was mit ihm geschehen ist, nährte die Fantasie. Immer wenn später vom Krieg gesprochen wurde, drängte sich ein Name in den Vordergrund: Stalingrad.

Zur Verwandtschaft der Mutter, alles Vertriebene aus Schlesien, existierte guter und regelmäßiger Kontakt, hauptsächlich in Form von Briefen. Die Tanten und Onkel, die Cousins und Cousinen wohnten nun verstreut über Deutschland. Am Niederrhein, bei Frankfurt und Leipzig oder im bayerischen Fichtelgebirge und im Thüringer Wald, sowie im Erzgebirge. Zu gelegentlichen Treffen kam es auch, trotz Eisernen Vorhang und Zwangsumtausch. Das war dann immer was Besonderes: Westbesuch steht an. Die anderen kamen uns zwar auch manchmal besuchen, doch das war nicht so aufregend. Die waren ja wie wir, während die Westler schon ganz anders rochen. Gegenüber Klassenkameraden und Kumpels wurde natürlich angegeben und keine Gelegenheit versäumt, zu erwähnen, dass man dieses Wochenende keine Zeit für irgendwelche Treffen hätte, die Tante aus dem Westen ist zu Besuch da. Freilich waren das keine Tanten oder Onkel, sondern meist Cousinen und Cousins der Mutter, doch das zu sagen, wäre mir nicht in den Sinn gekommen, es hätte eine gewisse Distanz ausgedrückt. Onkel und Tante dagegen schien näher, ich stellte mich sozusagen mehr in ihre Nähe, als ich es in Wirklichkeit war.

Dritter Prolog:

Hühner und andere

Menschen

Ich bin mit Tieren aufgewachsen. Der zum Siedlungshaus rund tausend Quadratmeter große Garten diente quasi als landwirtschaftlicher Nebenerwerb, mindestens aber, seiner ursprünglichen Bestimmung nach, als Basis für Selbstversorgung. Dazu gehörten bei uns eben auch Tiere. Haustier war immer eine Katze, dazu als Nutztiere Kaninchen und Hühner, manchmal auch Gänse oder Truthähne und einmal ein Schaf. Es gibt noch Bilder, wie ich versuche darauf zu reiten. Das Schaf scheint fast größer als ich.

Irgendwann wurde es geschlachtet, genaues weiß ich darüber nicht mehr, ob es irgendwelche Vorschriften gegeben hat, wonach das Schlachten eines Schafes gemeldet werden musste, oder ob irgendwelche Untersuchungen obligatorisch waren, nur eine gewisse Heimlichkeit an diesem Abend war spürbar, ich durfte nicht in den Stall, dessen Fenster waren zugehängt, und meine Eltern machten einen Eindruck, als ob eben was Verbotenes getan wird. Schwarzschlachten nennt man es wohl.

Ich habe es vermisst, das Schaf, wie auch all die anderen Tiere die geschlachtet wurden, um sie dann zu essen. Nur bei den Hühnern war das eher nicht so, manchen wünschte ich den Tod, besonders den Hähnen, wie die immer arrogant und selbstgefällig umherstolzierten. Wenn es Futter gab, dann waren sie die ersten am Napf, ich empfand dies immer als Unverschämtheit.

Irgendwann sah ich im Fernsehen einen Bericht über die Tiere eines Bauernhofes, in dem der Hahn, dann wenn es Futter gab, seine Hennen rief und selbst so lange mit dem Fressen wartete, bis die Hennen fertig waren. Bei uns war dies immer andersherum. Aber es waren ja auch immer mehrere Hähne, im Schnitt die Hälfte der Küken sind eben männlich. Klar wollten wir immer mehr Hennen als Hähne haben, sie gaben Eier ›und‹ Fleisch, und meine Mutter glaubte an der Form der Eier zu erkennen, ob aus diesen ein männliches oder ein weibliches Küken schlüpfen würde. Entsprechend wurden sie ausgesucht.

Als dann aber mal, von den rund ein Dutzend ausgesuchten Eiern, fast nur Hähne geschlüpft sind, war das Gelächter groß und noch auf so manchen Familienfests wurde dieser Vorfall besprochen. Nur meine Mutter fand es nicht lustig und jedes Mal, wenn die Sache zur Sprache kam, geschah eine Verwandlung mit ihr. Auf einmal erschien sie mir wie ein beleidigter Gockel, der mit starrem Hals und erhobenen Haupt davon schreitet: Ihr könnt mich alle mal, schien sie sagen zu wollen. Die Welt und die Hühnereier hatten sich gegen sie verschworen.

Dann tat sie mir natürlich leid und ich verachtete die grinsende und feixende Verwandtschaft, obwohl ich selbst natürlich auch lächeln musste.

Doch lassen wir erst mal die Menschen und kehren zurück zu den Tieren. Die Hähne jedenfalls, vor allem wenn sie in eben dieser Vielzahl wie in unserem Hühnerzwinger beieinander waren, die mochte ich nicht, und es erfüllte mich mit einiger Genugtuung, zu wissen, dass sie die ersten sein werden denen die Rübe abgehackt wird. Am liebsten hätte ich es ihnen erzählt, schon aus Neugier um zu sehen, ob sie dann immer noch so arrogant und aufgeblasen umherstolzieren, um dann, wenn es Fressen gibt, die Hennen zu verjagen. Gut, richtig erwachsene Hähne waren es ja nicht, dieses Alter haben sie nie erreicht, sondern eher so was wie Teenager. Noch nicht richtig krähen können, aber alle anderen terrorisieren.

Wir machen mit unseren Hühnern irgendwas falsch, davon war ich spätestens seit dem Fernsehbericht überzeugt. Dass der dortige Hahn der Chef war, war klar ersichtlich, aber auch, dass der seine Macht nicht selbstsüchtig ausnützte, im Gegenteil, er stellte sich in den Dienst der Hühnergemeinschaft. Falls es denn sowas gibt. Nur, war dieses Verhalten ererbt oder erlernt, und warum verhielten sich unsere Hähne so anders? Ich bedrängte meinen Vater nicht alle Hähne zu schlachten, wollte sehen was passiert, wenn ein Hahn am Leben bleibt, der dann die Führerschaft im Hühnerstall übernimmt. Verändert der sein Verhalten und stellt sich in den Dienst der Gemeinschaft oder bleibt er dieses Arschloch, wie er es in Gemeinschaft mit anderen Hähnen ist? Ich habe es nie herausgefunden, komisch eigentlich, dass so viele Fragen aus der eigenen Kindheit unbeantwortet geblieben sind.

Der Vater war strikt dagegen, einen Hahn

leben zu lassen. Für was soll der gut sein, er ist nur ein unnötiger Fresser. Meinen Einwand, dann bräuchten wir keine befruchteten Eier beim Bauer holen, wollte er nicht gelten lassen. Wenn wir nur die Eier von unseren Hühnern ausbrüten lassen, dann bekommen wir so was wie Inzucht, so haben wir aber immer Blutauffrischung und bekommen weniger Krankheiten rein. Das Argument war natürlich quatsch und wie das so oft bei Vätern ist, so unterschätzte auch mein Vater mein logisches Verstehen. Eine Vermischung fand ja gar nicht statt, sondern mit den befruchteten Eiern von anderswo her, so importierten wir ja nur die dortigen Gene. Es gab überhaupt keine Blutmischung oder Auffrischung, da wir jedes Jahr für die Nachzucht Eier ausbrüten ließen, die rein gar nichts mit unseren Hühnern zu tun hatten.

Mein Vater sah es aus rein praktischen Gesichtspunkten, in der Abwägung von Aufwand und Nutzen. Es war deutlich billiger im Frühjahr befruchtete Eier zu kaufen, als einen Hahn den ganzen Winter durchzufüttern.

Ich aber wollte wissen, welches Verhalten der Hühner, vor allem der Hähne, ererbt ist und welches erlernt. Es musste im Hühnerstall auch so was wie eine Kultur geben, etwas das über die Generationen weiter gege-ben wird, bei uns aber immer wieder unter-brochen wird, da dreiviertel des Jahres kein Hahn bei den Hühnern ist. Warum sonst stell-te sich der Hahn in den Hühnergemeinschaf-ten, auf Bauernhöfen mit Geschichte und Tra-dition, in deren Dienst, während bei uns die Halbstarken eine Terrorherrschaft errichte-ten?

Wahrscheinlich waren meine Schlussfol-gerungen falsch, ich wusste damals eben noch nicht, dass wir gerne menschliche Ver-haltensweisen auf Tiere projizieren, um uns dann praktisch in den Tieren wieder zu erken-nen. So wie es bei den Hühnern zuging, so war es auch im Leben der Menschen. Speziell auch in meinem Leben in der DDR gegen Ende der sechziger Jahre.

1966 wurde ich eingeschult, mit sechs Jah-ren, einen Kindergarten hatte ich vorher nicht besucht. Und diese Gemeinschaft, in die ich nun gezwungen wurde, war mir vom ersten Tag an fremd und widernatürlich, sowohl im Verhältnis der Schüler untereinander, als auch das ganze System Schule. Von Ideologie und sozialistischer Erziehung verstand ich da-mals natürlich noch nichts, doch schon allein den Fahnenappell, in Hufeisenform standen die Klassen militärisch streng auf den Schulhof, irgendwelche Reden wurden gehalten, die DDR-Fahne gehisst und Belobigungen ausgesprochen, empfand ich, als wolle man mich in ein Paralleluniversum pressen. Ich habe sie gehasst, die ganze Schule mit ihren Ritualen und Zeremonien, die Lehrer und oft auch die Mitschüler, die den ganzen Quatsch über sich ergehen ließen und es hinnahmen wie das Wetter.

Alles erschien mir künstlich und aufgesetzt und mich zwang man mitzumachen bei etwas, dessen Sinn und Zweck sich mir nicht erschloss. Klar, wenn man sechs Jahre alt geworden ist, musste man zur Schule gehen und lernen. Nur was das ganze Drum-Herum sollte, dieses stramm stehen, die Pausenordnungen wie die Hackordnungen, erschien mir widernatürlich und lediglich dem Zweck geschuldet, über mich Macht zu bekommen.

Eigentlich ging dies schon mit der Feier zur Einschulung los, an die ich allerdings nur eine Erinnerung habe, die Schultüte betreffend, wir nannten dieses Ding Zuckertüte. Zu Hause wurde der Schulanfang auch gefeiert, da gab es eine ›große‹ Zuckertüte mit irgendwelchen Süßigkeiten drin, und in der Schule, zur dortigen Feier, noch mal eine ›kleine‹. Im

Schulhof stand ein großer Kastanienbaum, mit Fäden hatte man diese kleinen Zuckertüten daran befestigt und jeder neue Erstklässler suchte sich eine aus. Brav stellte sich jedes Kind unter die von ihm gewünschte Tüte, doch wie sie diese dann in die Hand bekamen, das ging ja nicht ohne Hilfe, daran habe ich keine Erinnerung mehr. Vielleicht wurden die Kinder von den Eltern hoch gehoben, damit diese die Leckereien erreichen konnten, ich weiß es nicht mehr. Nur eine Zuckertüte hing nicht an einem Ast, sondern stak in einem Astloch im Stamm des Baumes. Das war meine, die die ich mir aussuchte, wahrscheinlich auch deswegen, weil ich keine Hilfe brauchte um sie zu erreichen. Das Klettern auf Bäume war ich gewöhnt, in unserem Garten befanden sich ja einige.

Dieses Astloch in diesem Kastanienbaum blieb mir als Erinnerung an meine Einschulung immer gegenwärtig. Jedes Mal, wenn ich an diesem Baum vorbeiging, erinnerte mich die Existenz dieses Astloches an meine Zuckertüte, und dass ich nicht zur Masse der Schüler gehörte, die sich brav haben hoch heben lassen, sondern, dass ich mir meine Süßigkeiten erkletterte.

Gleichzeitig zur Einschulung geschah die

Aufnahme in eine andere Gemeinschaft, die der Kirche. Religionsunterricht gab es ja an DDR-Schulen nicht, doch vor allem meine Mutter bestand auf diesen. So ging ich also jede Woche einmal, nach der offiziellen Schule, zur Christenlehre ins Gemeindehaus. Hier war alles anders, hier gehörte ich dazu. Geschichten wurden erzählt und wie von allein lernte ich die Lieder, die wir sangen, auswendig. Natürlich war ich auch nach kurzer Zeit Mitglied in der Kurrende, wie der Kinderkirchenchor bezeichnet wurde. Nichts erschien mir künstlich oder aufgesetzt, es war keine wie an den Haaren herbeigezogen wirkende Kultur, wie in der Schule. Die Geschichten ergaben Sinn, sie erzählten von Individuen, von deren Kämpfen mit sich selbst und der Umwelt. Damit konnte ich was anfangen, es erklärte mir ›meine‹ Welt, ich fand deren Sinnhaftigkeit im täglichen Leben bestätigt. Erst viel später, als Erwachsener, begann ich die Lehre, die dahinter steckt, kritisch zu hinterfragen. Die Geschichten aber, die Erzählungen und Beschreibungen, die faszinieren mich bis heute, sie beschreiben Menschen in ihrer Verschiedenartigkeit.

Welcher krasser Gegensatz hingegen in der Schule, dieses kollektivistische, das Individuum immer nur als Teil und untergeordnet der Gesellschaft sehende, menschenfeindliche Weltbild. Erziehung zum Klassenkampf vom ersten Tag an, auch mit Geschichten, die aber so fern meiner Empfindungen waren, dass sie mir immer fremd und konstruiert erschienen. Hier das Gute, dort das Böse – daran konnte ich dieser Absolutheit nie glauben. Die Kultur der Schule erschien mir oberflächlich und konstruiert, nur dem Zweck der ›Umerziehung‹ dienend, sodass ich sie geradezu lächerlich empfand. Und diese Lächerlichkeit hatte Macht über mich, das war eine Kränkung, die ich, wenn ich ehrlich bin, bis heute nicht überwunden habe. Meine Abneigung und mein Widerstand gegen das Gesellschaftssystem der DDR begann schon in der Schule, aus dem Bauch heraus sozusagen, längst bevor ich verstand, auf welcher Ideologie das System aufgebaut ist.

Die Schule, das war wie unsere Hühner, vor allem wie die Hähne, in der kurzen Zeit in der sie lebten. Kulturlos und ohne Tradition oder tieferen Sinn, geradezu nur dem Willen des Eigentümers nützend, der keine Rücksicht auf die Natur der Vögel nimmt, solange sie ihm Eier und Fleisch liefern. Sie haben zu parieren. Die Kirche, nun, die schien mehr wie der Bauernhof aus dem Fernsehen. Traditionen und Kultur hatten sich entwickelt, in diesem Rahmen lebten die Tiere gemäß ihrer Eigenschaften. Beides stand stellvertretend für ein jeweiliges Gesellschaftsmodell und genau das schaute ich mir, so glaubte ich, bei den Tieren ab. In Wirklichkeit aber projizierte ich nur diese beiden Welten, die der Kirche und die der Schule, auf die Hühner. Nur wusste ich das damals alles noch nicht. Ich war ja davon überzeugt, eine Beobachtung bei den Tieren gemacht zu haben, und verarbeite dabei doch nur unterbewusst eine lediglich gefühlte Erkenntnis über Menschen.

Bis heute glaube ich an dieserart gefühltes Wissen, die Kunst ist allerdings, herauszufinden, welchen Ursprung die dann unvermeidlichen Projektionen haben. Wir entdecken Dinge in Tieren, an anderen Menschen, überhaupt an allem was lebt, was aber gar nichts mit den Dingen zu tun hat, und dessen Ursprung uns somit verborgen bleibt. Warum sonst sollte ich denn unseren halbstarken Hähnen den Tod wünschen, eigentlich liebte ich doch Tiere, sorgte für sie, besserte aber auch mit dem Verkauf meiner Kaninchen, beispielsweise, mein Taschengeld auf. Es war ein durchaus rationales, aber auch emotional gesundes Verhältnis zu unseren Tieren vorhanden. Nur eben zu den halbstarken Hähnen nicht, sie standen für etwas, was ich hasste, und das hatte nichts mit den Tieren zu tun. Die Organisation unseres Hühnerzwingers, so wie er von meinen Eltern geführt wurde, betrifft dies genau so. Was war es, was mich daran so störte, dass es mir selbst heute noch, ein halbes Jahrhundert später, so lebendig in der Erinnerung geblieben ist? Mit den Tieren selbst hat es jedenfalls sicher nichts zu tun.

Vierter Prolog:

Die Mauer, ganz persönlich

Ich weiß nicht mehr genau, wann ich das erste Mal das Datum des Mauerbaus vernahm. Bewusst, meine ich. Wahrscheinlich war es im Alter von sechs oder sieben Jahren, plus minus. 1961, das Jahr des Mauerbaus, wurde von da an eine magische Zahl, ich war nämlich davor geboren, noch vor dem Mauerbau, etwas mehr als ein Jahr. Vor 61 schien es noch so was wie Freiheit zu geben, rudimentär zwar, nur das wusste ich nicht so richtig, damals. Es gab immerhin die Möglichkeit den Ort zu wechseln, dorthin zu gehen, wohin man hinwollte. Das war etwas unter dem ich mir als Kind den Begriff Freiheit vorstellen konnte. Meinen Eltern habe ich immer vorgeworfen, zugelassen zu haben, dass ich in cincm eingemauerten Land aufwachsen musste. Als ich geboren wurde, hätten sie noch gehen können. Verspürten sie keine Verantwortung mir gegenüber? Es war doch absehbar, was unter Kommunistenherrschaft geschieht.

Später, vielleicht vierte oder fünfte Klasse, Geschichten kursierten. Ein Klassenkamerad erzählte von einem Onkel, der 61 einen Tipp bekommen hätte, wonach die Grenze in Berlin bald dicht sein werde, woraufhin der sich noch schnell abgesetzt hatte, nur Tage vor dem Mauerbau. Ich konnte nicht mehr abhauen, die Grenze war dicht. Als sie noch ein wenig durchlässig war, von offen kann ja eigentlich, von Berlin abgesehen, keine Rede sein, war ich erst ein Jahr alt; begann gerade erste eigene Schritte zu erlernen, und als ich begriff, dass es eine Mauer gibt, da war es sowieso schon zu spät. Und doch sollte genau in dieser Zeit, als ich das Laufen lernte, etwas geschehen, was meine Bewegungsfreiheit massiv einschränken würde. Ich nahm es persönlich.

Meinen Eltern konnte ich erst vergeben, als ich begriff, dass sie Baummenschen sind. So bezeichne ich Menschen, die mit dem Stückchen Erde, auf dem sie leben, wie verwachsen scheinen. Selbst wenn sie gewusst hätten, was besser wäre für ihre Kinder, vielleicht sogar für sie selbst, sie hätten nicht gehen können, als Baummenschen sind sie auf die Erde angewiesen, in der ihre Wurzeln sind. Sie spüren nicht, welche Bedeutung eine

Mauer hat, wenn sie nicht unmittelbar im Bereich ihrer Wurzeln steht. Dennoch verglich ich sie, meine Eltern, immer wieder mit dem Onkel des Klassenkameraden, der hatte erkannt, was zu tun war und rette sich. Noch bevor ich wusste was Opportunismus und Mitläufertum ist, erkannte ich es schon, hatte nur noch keine Worte dafür.

Genau genommen verachtete ich meine Eltern, die ganze Generation, wegen ihres vermeintlichen Opportunismus genauso, wie es die 68er im Westen mit den ihren taten. Fast wie ein Spiegelbild kommt es mir heute vor.

Ich war immun geworden gegenüber linken Ideen, wie sie gegen vermeintlich rechte. Mit dem Unterschied nur, ich konnte nur im verborgenen denken und fühlen, durfte die mir angetane Ungerechtigkeit nicht artikulieren, nicht darüber öffentlich diskutieren, nicht dagegen protestieren. Darum, auch darum, berühren mich die gegenwärtigen Sprechverbote und Diffamierungen, die ganze ›political correctness‹, ganz persönlich. Ein verarbeitet geglaubtes Kindheitsgefühl wird wieder wach.

Nein, was mich am gegenwärtigen Zustand Deutschlands an die DDR erinnert, ist nicht die Dominanz von linken Ideen, sondern der ganz subjektive Eindruck, dass es wieder Mut erfordert, will man Gedanken diskutieren die dem Mainstream widersprechen. Der Rückzug ins Private, so wie es meine Eltern taten, ist für mich keine Option.

Vergleiche ich hier etwas, was eigentlich nicht vergleichbar ist, und setze das heutige Deutschland mit der DDR gleich? Schon möglich, dass es konstruiert wirkt, das passiert bei Vergleichen jeglicher Art sehr schnell.

Beim Versuch es objektiv zu betrachten, fallen natürlich sofort die Qualitätsunterschiede auf. Es gibt keine Mauer, die mich am Verlassen des Landes hindern würde, ich kann hier sitzen, diese Zeilen schreiben und sie veröffentlichen. Deutschland heute ist keine DDR2, aber was soll ich machen, die geistige Intoleranz, insbesondere der Linken und der Grünen, ihr Versuch mit Diffamierungen und Einschüchterungen, nicht nur in den sozialen Medien, ihre Indoktrination in Schulen und Medien, die sie nun durch die gewonnenen Machtpositionen in Verwaltungen und dergleichen ungeniert und arrogant ausüben können, weckt eben diese meine Kindheitsempfindungen wieder auf. Der Opportunismus und das Mitläufertum derer die eigentlich nicht links oder grün sind, tut ein übriges. Genau genommen ist es dieser Punkt, der mich am meisten an die DDR erinnert. Und ich nehme es wieder persönlich.

Es mögen diese Erinnerungen sein, was mich hier und heute quält, was mich besonders sensibel auf mediale Indoktrinationsversuche und dergleichen reagieren lässt und nicht nur einmal dachte ich darüber nach, ob es nicht besser wäre, mich deswegen zum Fachmann auf die Couch zu legen, als zu bloggen darüber. Dann aber wieder denke ich: Die Gesellschaft gehört auf die Couch, nicht ich. Doch dieser Gedanke macht mir aber sofort Angst. Wenn ich dies fordere, dass die Gesellschaft eine Therapie benötigt, was unterscheidet mich dann noch von den sogenannten 68ern, die ihr Trauma, ihre durch Eltern und Politik erlittenen Verletzungen, nicht verarbeitet haben und es auf die Gesellschaft projizierten und diese zu therapieren versuchten. Leider mit Erfolg, wie man rückblickend fest stellen muss.

Die Mauer habe ich nicht nur überlebt, ich habe sie auch 1983 besiegt, als ich die DDR physisch hinter mir ließ. Die inneren Kämpfe gehen aber weiter: Wie kann ich meinen Eltern vergeben, dass sie sich nicht mit mir vom Acker gemacht haben, als es die Möglichkeit dafür noch gab? Protestieren und gegen die

Missstände kämpfen hätten sie ja gar nicht müssen.

Vielleicht können die (meisten) Menschen einfach nicht anders, als sich einzurichten in ihrem Gefängnis. Sloterdijk beschreibt es als »Selbstdomestikation« und bringt das Unfertige des Menschen ins Spiel, auch Neotenie genannt. Ich muss zitieren: „Die Offenlegung des Neotenie-Geheimnisses untermauert die Einsicht der Kulturanthropologen, dass der Mensch von elementaren Stufen an als Kulturgeschöpf begriffen werden muss." Ich will nicht weiter darauf eingehen, nur noch mal den Begriff »Kulturgeschöpf« betonen. Das würde bedeuten, dass die Vorstellung von kultureller Prägung des Menschen viel zu kurz greift, nein der Mensch ist durch ›seine‹ Kultur erst so entstanden, es ist nichts Fremdes was man ihm aufgeprägt hat, und vielleicht auch wieder umprägen könnte, sondern es ist Teil seiner Selbst. Weiter meint Sloterdijk, „daß die Entdeckung der Neotenie auch vermeintlich zu Ende untersuchte Phänomene wie Traditionsvermittlung und Erziehung unter einem veränderten Licht erscheinen läßt." Das sind Aussagen, die angesichts der derzeitigen Zuwanderungswelle ziemliches Unbehagen auslösen, und die Rede von der Integration noch lächerlicher erscheinen lassen.

Mir aber helfen diese Gedanken, mich mit meinen Eltern auszusöhnen, ihr Opportunismus und ihr Mitläufertum wirkt auf einmal viel weniger dominant, wenn ich sie als Geschöpfe einer Kultur begreife, gegen die sie nie ankämpfen konnten oder wollten. Es wäre einer Selbstamputation gleichgekommen, hätten sie sich dagegen aufgelehnt. Nur, warum war es bei mir nicht so, warum habe ich mich seit Kindesbeinen gegen eine Kultur gesträubt, die, wenn man Sloterdijks Ausführungen zur Neotenie folgt, mir das Nest hätte sein müssen?

Ein politisierter Osterstrauß

1982, ich hatte eine Vorladung zum Gespräch ins ›Ministerium des Inneren‹ in Glauchau bekommen. Nicht per Brief, sondern eines Tages standen zwei Herren, eigentlich unauffällig aussehend und in Zivil gekleidet, an der Tür und überbrachten mir die Vorladung lediglich mündlich. Der Grund war klar, einige Wochen vorher hatten meine damalige Frau und ich einen Ausreiseantrag gestellt. Zwar war dieses Ministerium des Inneren nicht die Stasi, doch wir wussten, dass wir von nun an genau mit dieser zu tun hatten.

Zum Entschluss das Land zu verlassen gibt es natürlich eine Vorgeschichte, ich möchte aber nicht mit Einzelheiten langweilen, nur so viel, endlose Diskussionen gingen voraus, ich mit meiner Frau, und ganz viel mit den Kumpels. Im Nachhinein ist es schon bemerkenswert, wie wenig wir über die Strukturen des Machtapparates DDR wussten. Eine Mutmaßung ergab die nächste und heute, da wir nun mehr darüber wissen, wie was funktionierte, stellt sich heraus, dass die meisten dieser Mutmaßungen keine Hirngespinste waren, sondern Tatsachen.

Wir feilten an den Begründungen für unseren Ausreiseantrag, der sollte so wenig wie möglich politisch verfänglich sein, und vor allem mit unserer persönlichen Situation und Befindlichkeit erklärt werden. Auch das war so eine Annahme, wenn wir das System nicht im Ganzen angreifen, also nicht politisch argumentieren, sondern lediglich mit unserer persönlichen Situation und unserem Glauben und unseren Überzeugungen, dann wird es die Stasi schwerer haben, selbst in einem so rudimentären Rechtsstaat wie der DDR, uns als Systemfeinde darzustellen, die wir aber im Grunde waren. Freiheit war es, dieses oft strapazierte Wort, nach der wir uns sehnten, ohne aber genau definieren zu können, was diese Freiheit ist. Sie stellte sich uns in Sehnsüchten dar, vor allem in Gestalt des Westens, in dessen Länder wir nicht reisen konnten, die für uns so unerreichbar wie der Mond waren. Dieser zeigte uns seine Existenz durch sein Leuchten in der Nacht, der Westen durchs leuchten der Flimmerkisten. Doch viel wichtiger waren die Bücher, Jack Kerouacs ›On The Road‹ habe ich verschlungen, und nicht verstanden, warum die Kumpels Salinger lasen, oder gar Hermann Hesse. Kerouac war Kampf und Freiheit, Hesse und Salinger dagegen Resignation und Einengung. Nun ja, ich war sehr jung damals, gerade mal kurz über zwanzig. Differenzierungen sind nicht die Stärke dieses Alters.

Wenn Sehnsüchte unerreichbar werden, durch die Ordnung einer Gesellschaft oder eines Systems, empfindet man dies als große Ungerechtigkeit. Warum wird mir mein Menschenrecht verweigert? Natürlich hatten wir Erklärungen, rationale, für die vorenthaltene Freiheit, und warum uns diese im real existierenden Sozialismus verweigert werden musste. Die Systemfrage stellte sich dann automatisch, sie ließ sich gar nicht verhindern. Mit Verachtung wurde das System betrachtet, die die sich angepasst hatten, gleich mit. Wie gesagt, das mit den Differenzierungen in dem Alter ist so ein Ding. Doch die Wut über diese Ungerechtigkeit, die musste irgendwie raus. Öffentlich ging das nicht, nur im geschützten privaten Bereich, und so war es wohl auch so ein stummer Protest gegen die Gesellschaft, als wir zu Ostern ausgeblasene Eier angemalt hatten, allerdings als Motive nicht die üblichen verwendeten, sondern Flaggen. So stand dann zum Fest ein dekorierter Osterstrauch, bestehend aus Weidenkätzchen und Birkenzweigen im Wohnzimmer, auf den daran angehängten Ostereiern allerdings Flaggen aufgemalt waren. Die von den USA, Großbritannien, Frankreich, Deutschland, Italien, Schweiz und anderen, nur westlichen, Ländern. Ein Freund, der uns in dieser Zeit besuchte und erst kürzlich eine Polit-Schulung über sich ergehen lassen musste, brach in schallendes Gelächter aus, als er unseren Osterstrauch sah, weil bei dieser Schulung beklagt wurde, dass das Osterfest entpolitisiert sei und man dieses im Sinne des fortschrittlichen Sozialismus politisieren müsse. Bei uns war es das schon, obwohl wir doch nur meinten, unsere Sehnsüchte verarbeitet zu haben.

In so einer Situation angekommen, wird es schier unmöglich zwischen Privat, Gesellschaft und Politik zu trennen. Genau vor dieser Aufgabe standen wir aber, als es nun darum ging, eine unverfängliche Begründung für unseren Ausreiseantrag hinzubekommen. Wir waren junge Eltern zweier Söhne, drei und ein Jahr alt, eine Tochter sollte bald noch hinzukommen, und so bestimmte unser Denken auch die Vorstellung, was denn aus unseren Kindern in Zukunft werden würde. Dass sie in dieser von mir so verachteten Gesellschaft aufwachsen würden, war vor allem für mich eine unerträgliche Vorstellung. Also war auch schnell das Thema gefunden: Kindeserziehung.

„Es geht ihnen doch gar nicht um ihre Kinder, der Hase liegt doch ganz woanders im Pfeffer!" baffte mich ein Herr Burgwalden [Name geändert] auf dem Ministerium des Inneren an, um dann laut brüllend fortzufahren: „Sie scheißen doch auf ihre Kinder!"

Bis dahin ist dieses Gespräch eigentlich recht ruhig verlaufen, man hatte uns mitgeteilt, dass der Ausreiseantrag nicht bearbeitet werden könne, weil es darüber keine gesetzliche Regelung in der DDR gäbe. Und wenn wir weitere Anträge dieser Art stellen würden, wird es als eine Behinderung der Arbeit der staatlichen Behörden angesehen, was mit Freiheitsstrafe geahndet werden könne.

Ich kaufte dem Herrn Burgwalden seine Erregung nicht ab, sie wirkte künstlich und aufgesetzt. Es war offensichtlich nur eine Technik um uns aus der Fasson zu bringen, er wurde auch sofort wieder ruhiger, als er merkte, dass seine Masche nicht verfing, wir uns nicht provozieren ließen.

Natürlich ging es uns nicht nur um unsere

Kinder, doch wir hatten den Ausreiseantrag damit begründet, dass uns das staatliche Erziehungs- und Bildungssystem zu sehr einengt, um die Kinder nach unseren Werten erziehen zu können. Das wirkte, auf dem Papier, authentisch. Schließlich galt ich als Pazifist, hatte jedenfalls mit dieser Begründung, und in dem ich mich auf die Bergpredigt berief, den Wehrdienst mit der Waffe verweigert. Dies war eines der wenigen kleinen Freiheiten, die die Kirche dem Staat abgetrotzt hatte, was allerdings den Kollateralschaden einschloss, dass man mit einer derartigen Biografie, sich keine Hoffnung auf irgendeine Karriere machen brauchte. Auch mein damaliges Engagement in der Kirche dürfte, so eine der Mutmaßungen, aktenkundig bei der Stasi gewesen sein.

Unsere Clique hatte ein paar Jahre vorher ein Bühnenstück geschrieben und es in der örtlichen evangelischen Kirche aufgeführt. Ich spielte eine von zwei Hauptrollen in diesem sehr gesellschaftskritischen Stück, an das selbst ich aber besser nicht erinnert werden möchte, so peinlich ist es mir zwischenzeitlich. Tja, die Jugend halt, sie liebt Darstellungen mit klaren Botschaften. Doch den Applaus nach diesem Stück, in der inklusive der

Empore voll besetzten Kirche, den allerdings, habe ich mit Stolz immer noch Ohr. Es waren stehende Ovationen.

Im Vorfeld dieser Aufführung, als wir in privaten Grundstücken und am Pfarrhaus Plakate dazu aufgestellt hatten, wurde auch der örtliche Pfarrer aufs Ministerium des Inneren dieser Kreisstadt zitiert. Dort wurde ihm eröffnet, so berichtete er später, dass aus rechtlichen Gründen keine Tonträger mit Inhalten fremder Künstler abgespielt werden dürften, und weiterer solcher belangloser Käse. Aber um Inhalte ging es offensichtlich bei dieser Vorladung nicht, sondern um eine Botschaft: „Seid vorsichtig, wir haben euch unter Beobachtung!"

So war ich also der Stasi schon gut bekannt, sie konnte uns aber, wie ich später in meiner Akte nachlesen konnte, schlecht einschätzen. Wie gesagt, auf dem Papier schien unsere Begründung für den Ausreiseantrag authentisch. Was uns wirklich antrieb, war in der Tat nicht hauptsächlich die Sorge um die Kinder, es war unsere Sehnsucht nach Freiheit. Hätte die Stasi unseren Osterstrauß gesehen und richtig gedeutet, sie wäre auf den richtigen Trichter gekommen.

Oft, so scheint es, braucht es zusätzliche

Informationen, um den wahren Charakter einer Sache zu erkennen. Nur oberflächlich betrachtet ging es mir ums Kindeswohl, genauer hingeschaut aber, war der Hass auf eine Gesellschaft, die mir meine Menschenrechte verweigerte, der wirkliche Grund. Ich wurde zum Kulturflüchtling, weil ich die Freiheit wollte.

Jeder kann sich ausmalen, was passiert wäre, hätte ich Herrn Burgwalden gesagt, dass ich die DDR als Ganzes verabscheue, was ich tat, in meiner jugendlichen Rigorosität. Die Gegenreaktion wäre heftig ausgefallen, also trickste und täuschte ich. Und genau das tun nun heute auch diejenigen, die unsere derzeitige Gesellschaftsordnung, unsere Kultur und unsere Freiheit verabscheuen.

Die Gründe dafür sind vielfältig, die Ökos haben ihre eigenen Vorstellungen einer Gesellschaft, die mit der unsrigen heute nicht mehr viel zu tun hat, viele anderen auch. Sie alle eint, dass sie die Systemfrage stellen, sie ergibt sich geradezu automatisch.

Doch sie können nicht einfach fliehen, wie ich es tat, wohin sollten sie auch. Nein, sie müssen versuchen unsere gegenwärtige Kultur, unsere Gesellschaftsordnung, unsere Institutionen mit subversiven Methoden zu schwächen. Die Gender- und Sexualisierungsdebatte zielt auf eine Schwächung der Institution Familie ab, die vom ökologischen Fußabdruck auf den Kapitalismus. Auch den derzeitigen Einwanderern darf Subversivität unterstellt werden, wenn es um die Darstellung der Motive ihres Handelns geht. Freiheit, so wie wir sie heute definieren, ist sowieso allen ein Ärgernis, weil damit generell Individualität über Kollektivismus gesetzt wird, und unter diesen Umständen aber eine Transformierung der Gesellschaft, wo immer auch hin, nicht möglich ist.

Wollen wir wirklich erkennen, was beispielsweise hinter den Forderungen nach mehr Toleranz in der Kindeserziehung oder nach der von mehr Nachhaltigkeit in der Wirtschaft steht, auch hinter der Willkommenskultur, dann müssen wir uns die Ostersträuße der Menschen anschauen, dort hinschauen, wo sie ihre Träume, Visionen und Wünsche verarbeiten. In den politischen Forderungen, in den politischen Argumenten, sind sie nur ganz selten zu erkennen, ja diese dienen oftmals nur dazu, das Bild von den eigentlichen Zielen zu vernebeln. So was geschieht nicht generalstabsmäßig, sondern ist in der Natur der Menschen angelegt. Wer zur Vordertüre nicht rein kommt, versucht es eben hinten herum, so in etwa heißt es sprichwörtlich, und, so meine Deutung daraus, was auf dem Papier authentisch erscheint, muss es noch lange nicht sein. Das System als Ganzes wird erst dann öffentlich angegriffen, wenn man sich stark genug dazu fühlt oder zum Mainstream geworden ist. Dann tricksen und täuschen die Andern, notgedrungen. Die Macht eines Mainstream hat zwar eine ganz andere Herkunft als die Macht eines totalitären Systems, ist aber in der Wirkung auf das Individuum durchaus vergleichbar. Sich dagegen zu stellen, erfordert Mut, Charakter, doch vor allem, will man erfolgreich sein, eine gewisse Hinterhältigkeit oder Verschleierungskunst.

Sind so kleine Hände

Wie ging es aber weiter? Bislang ist ja nur berichtet worden, dass wir, meine damalige Frau und ich, einen Ausreiseantrag stellten. Eigentlich ist dies ja ein Ding, was Abertausende getan haben und man fragt sich als Schreiber dieser Zeilen schon, ob es überhaupt sinnvoll ist, darüber zu berichten, vor allem, da das ganze Prozedere so glimpflich abgegangen ist. Kein Knast hatte es für uns zu Folge, die Kinder wurden uns nicht weggenommen und die Drangsalierungen deswegen waren in unserem täglichen Leben kaum spürbar. Da wir keinerlei Ambitionen mehr hatten, uns in diesem Land einzurichten, waren wir auch nicht auf die Gunst der Machthaber oder der Vertreter des Staates angewiesen. Allerdings, als Handwerker war ich auch nicht in einer beruflichen Position, die groß Möglichkeiten zur Schikane bot.

Aus meinem Ausbildungsbetrieb, ein großes staatliches Wohnungsbaukombinat, deren Hauptaufgabe es war Arbeiterwohnregale – so nannten wir die Plattenbauten – in die Pampa zu stellen, hatte ich mich recht bald verabschiedet. Wenn ich mich heute daran erinnere, denke ich vor allem an Schlamm und Gummistiefel. Doch diesen Betrieb hatte ich ja verlassen und bin in einer kleinen Privatfirma untergekommen. Die gab es noch im Handwerk, nur gab es diesbezüglich ein Limit von einem Dutzend Mitarbeitern. Soviel waren wir aber gar nicht. Der Verdienst dort war geringer, doch ich hatte meine Ruhe vor Parteifunktionären oder anderen entsprechenden Typen, die einem Mal schnell in ein Gespräch, nach dem Motto „wir sind doch jetzt unter uns", verwickelt hätten.

Bevor ich in dieser kleinen Privatfirma landete, war das freilich noch anders. Schon während der Lehre, dort meinte man mir androhen zu müssen, dass mir wegen meiner Wehrdienstverweigerung der Lehrvertrag gekündigt werden müsse, war mir klar, dass ich da wegmuss. Vormilitärische Ausbildung gehörte ja zum Vertrag und so wurden wir Stifte uniformiert, in irgendwelchen den Armeeuniformen nachempfundenen GST-Klamotten, oder so, gesteckt, und ein oder zwei Wochen jedes Jahr kaserniert, um die üblichen militärischen Verhaltensweisen zu erlernen. Jetzt wenn ich versuche mich zu erinnern, fällt mir auf, dass es eine ganze Reihe von Leuten gab, mir aus dem Betrieb flüchtig bekannt, die auf einmal in unserem Lager auftauchten, in Uniformen wie wir, und die irgendwelche Funktionen innehatten. Der eine machte eine Schulung, in der wir lernen sollten wie man mit verbunden Augen eine Kalaschnikow auseinander und wieder zusammen baut. Ein anderer war fürs Exerzieren zuständig, der nächste für den Politunterricht. Ich kann mich nicht daran erinnern, jemals einen regulären Angehörigen der NVA gesehen zu haben. Offensichtlich gehörten alle unsere Ausbilder zu den Betriebskampfgruppen.

Also machte ich diese Ausbildung mit, allerdings mit der Einschränkung, dass ich mich weigerte eine Waffe anzufassen und erklärte dem verdutzen Hilfsspieß, das mir dieses Recht zustehen würde, Lehrvertrag hin oder her. Zur Orientierung, zu diesem Zeitpunkt befand ich mich im zarten Alter von siebzehn Jahren. Doch nach anfänglichem Geschrei, dümmliche Einschüchterungsversuche, gab man klein bei und steckte mich in die Verpflegungsgruppe und wollte den Vorgang offensichtlich nicht an die große Glocke hängen. Und dort tat ich dann das, was Jungs in diesem Alter gerne tun: Rauchen, Blödsinn anstellen und mit den Mädels rum machen.

Wahrscheinlich ist den Ausbildern zu Ohren gekommen, dass es sich bei mir um einen notorischen Querulanten handelt, denn schon zu Beginn der Lehre, mit 16, wurde uns Stiften die Mitgliedschaft in der Deutsch-Sowjetischen-Freundschaft – für was dieser Verein eigentlich das ist, wusste keiner so richtig – mit Nachdruck nahe gelegt. „Meine Freundschaft zur Sowjetunion soll ich also bezahlen und meine Freundschaft zu Amerika bekomme ich umsonst?", fragte ich spontan den Anwerber, der niemand anderes als mein Lehrmeister war.

Ein zweites Mal wurde ich nicht danach gefragt, ob ich diesem Verein beitreten möchte. Die meisten anderen Lehrlinge haben sich gefügt, ich habe sie verachtet deswegen.

Von Zumutungen dieser Art hatte ich genug, schon bevor wir ernsthaft über einen Ausreiseantrag diskutierten, und so wechselte ich in diese Privatfirma, gerade mal ein Jahr nach Beendigung der Lehre. Heute, im Nachhinein, bin ich ein wenig froh, dass ich diesen Weg so gehen konnte, mich damit noch mehr verbiegen zu müssen, als ich es notgedrungen tat. Wären meine Schulnoten gut genug fürs Gymnasium gewesen, wer weiß was ich hätte dort ertragen müssen. Das schlimmste für mich wäre Anpassung gewesen. Ein Liedchen von Bettina Wegner hatte ich immer Ohr, es auf einem Tape aufgenommen, wahrscheinlich vom Radiosender RIAS, den man im südwestlichen Sachsen auch in UKW empfangen konnte, und bekam immer Gänsehaut, wenn ich ›Kinder‹ anhörte. Im letzten Vers heißt es: „Menschen ohne Rückgrat ham wir schon zu viel". Das wusste ich, ich erlebte und sah dies tagtäglich. Dieser Song ist zwar eigentlich eine fürchterliche Schnulze, doch mir ging er unter die Haut. Damals sowieso und zum Teil heute noch, weil er Erinnerungen in Form von erlebten Emotionen wach ruft. Ohnmacht und das Gefühl ausgeliefert zu sein, kehrt zurück und schnürt mir den Atem ab. Auch Kafkas ›Prozess‹ war mir immer eine Beschreibung der Gesellschaft DDR, mit den entsprechenden emotionalen Folgen.

Die Entscheidung, in diese Privatfirma zu wechseln, erwies sich als Glücksgriff. Erstmals fiel etwas von diesem Unbehagen von mir ab, welches mich vorher immer begleitete. Schule, Lehre und Betrieb erlebte ich als Orte der Verrücktheit und Anmaßung. Zum ersten Male spürte ich einen kleinen Hauch von Freiheit und es fanden sich Menschen unter den Kollegen, solche die sich auch nicht verbiegen lassen wollten. Ein ehemaliger Lehrer war dabei, er hatte sich für den ausgebürgerten Liedermacher Wolf Biermann eingesetzt, ist verhaftet worden, saß einige Zeit ein und durfte anschließend kein Lehrer mehr sein. Nun war er sozusagen Hilfsarbeiter auf dem Bau und mein Kollege. Oder ein anderer Handwerksmeister, der hatte seine kleine Firma verkauft, einen Ausreiseantrag gestellt, und wurde nun ebenfalls ein Kollege und Freund, nicht weil er die Arbeit unbedingt gebraucht hätte, sondern weil er annahm, dass wenn er keiner Berufstätigkeit nachgehe, er dann wegen sogenannten ›asozialen Verhalten‹ in den Knast wandern könnte. Dieses ›asoziale Verhalten (§ 249 StGB der DDR)‹ war ein Straftatbestand und sehr beliebt in der Anwendung, weil man politisch unliebsamen Personen mit einer unpolitischen Begründung mal richtig eins reinwürgen konnte.

Ob diese Beschreibung auch auf andere kleine Privatbetriebe zutrifft, kann ich nicht beurteilen, vielleicht war diese ein Sonderfall. Doch wer mit den Verhältnissen in den großen durchorganisierten Betrieben, den Unis und Schulen, dort wo die Partei das Sagen hatte, nicht klar kam, musste zwangsläufig in solchen Klitschen, oder in der Kirche, landen. Das Ventil in den Westen gab es noch nicht, wie in den späten achtziger Jahren, als dann die Ausreiseanträge etwas großzügiger bewilligt wurden. Jedenfalls im südwestlichen Sachsen.

Zu den beiden, dem Ex-Lehrer und dem Handwerksmeister, entwickelte ich recht schnell Vertrauen, ein ungewöhnlicher Vorgang in der DDR, deren Gesellschaft von viel Misstrauen gegenüber Anderen geprägt war. Wir sprachen und diskutierten viel, auch nicht wenig über Bücher. Als ich den Lehrer kennenlernte, hatte ich gerade Stefan Heyms ›Der König David Bericht‹ gelesen, es lag bei meinen Sachen, der Ex-Lehrer griff es sich, hielt es hoch und fragte herausfordernd: „Und, was hast du hier herausgelesen"? Da wusste ich noch nicht, ob ich ihm trauen konnte, und eierte deshalb in meiner Antwort etwas herum, weshalb er mir mit einem Grinsen im Gesicht zu verstehen gab, dass dieses Buch eine Analogie auf die DDR sei, erzählte noch was über einen von Walter Ulbricht in Auftrag gegebenen Bericht über Kultur in der DDR, wenn ich mich richtig erinnere. Natürlich hatte ich es Analogie verstanden, das wahr offensichtlich, traute mir nur noch nicht, ihm das zu sagen. Doch dieses Misstrauen verschwand schnell. Heute kann ich sagen, dass er der erste Lehrer in meinem Leben war, zu dem ich wirkliches Vertrauen gewonnen hatte, der allerdings einer war, der als Hilfsarbeiter auf dem Bau arbeitete.

Er war es auch, der mir ins Gewissen redete, die DDR nicht zu verlassen. „Was soll denn aus dem Land werden, wenn alle Menschen, die so sind wie du, hier abhauen?", fragte er mich oft, und ergänzte resignierend: „Dann sind nur noch die Mitläufer und Angepassten da!"

Ja, der Ex-Lehrer liebte seine Heimat, ich die meine nicht. Genau genommen, wurde mir der Heimatbegriff ordentlich vergällt, denn alles was hätte Heimat sein können, wurde in meinen Augen ideologisiert. Dies ging so weit, dass solche Brauchtümer wie das Schnitzen von Weihnachtspyramiden oder Nussknackern in den Kontext einer fortschrittlichen sozialistischen Ordnung gesetzt wurde. In der Schule wurde uns beispielsweise erzählt, dass diese Tradition aus der Not der Bergarbeiter im Erzgebirge entstanden sei – was vielleicht stimmt – dies aber heute als Erinnerung und Mahnmal an eine vergangene und überwundene kapitalistische Gesellschaftsordnung zu sehen sei. Hier haben wir es wieder, diese Umdeutung und Kontextuierung von Tradition in eine neue Ideologie, etwas was ich nicht nur im Rückblick auf den real existierenden Sozialismus entdecke, sondern bei Ideologen jeglicher Richtung. Auch hier und heute in diesem Land. Stichworte: Europa, Willkommenskultur oder Nachhaltigkeit.

Wie ging es nun aber weiter mit unserem Ausreiseantrag? Nach der ersten Vorladung aufs Ministerium des Inneren der Kreisstadt Glauchau, auf der unser Antrag mit der Begründung zurückgewiesen wurde, dass es keine gesetzliche Grundlage dafür in der DDR gäbe und er deshalb nicht bearbeitet werden könne, war mein erster Weg in die örtliche Bibliothek. Diese befand sich im Schloss Forderglauchau, dort war ich Stammleser seit frühesten Kindertagen. Sie war der Ort in dem meine Träume und Sehnsüchte Flügel bekamen und gleichzeitig Realität wurden. Die Bücher konnte ich ja in die Hand nehmen, die Geschichten, die Romane und Erzählungen wurden Realität, die reale Welt außerhalb zum Traum, oft zum Albtraum.

In dieser Bibliothek wurde ich nun auch fündig: eine mehrbändige Ausgabe mit dem Namen »Völkerrecht«, wenn ich mich richtig erinnere, fiel mir in die Augen. Ich hatte nicht danach gesucht, wahrscheinlich wurde es falsch einsortiert, unter Geschichte möglicherweise, ich kann mich nicht mehr genau daran erinnern. In den Buchhandlungen und Antiquariaten, die ich ja auch ständig aufsuchte, ist mir dieses Werk nie aufgefallen, auch vergleichbares nicht. Eigentlich wundert es mich bis heute, warum diese Bände dort zur freien Ausleihe zur Verfügung standen. Kurz und gut, ich fand darin fast alles was mein Verstand begehrte. Die UNO-Charta, der Grundlagenvertrag mit der BRD, die Schlussakte von Helsinki, um nur die wichtigsten zu nennen. Alles mit den Angaben wo, was, von wem, wann unterzeichnet wurde. Per Hand schrieb ich mir diese für mich relevanten Verträge ab. Schreibmaschine hatte ich keine, auch keine Möglichkeit irgendwo etwas zu kopieren. Abfotografieren wäre vielleicht noch gegangen, doch das wollte ich nicht, sondern ich schrieb Wort für Wort, Zeile für Zeile, alles ab, und genoss diese Arbeit. Ein Gefühl, eigentlich nur als Vorahnung, der Freiheit erfasste mich.

Briefe. Und ein kalter Wind

Nach dem ersten Gespräch, auf der für unseren Ausreiseantrag zuständigen Behörde, konnte ich mich durch einen Zufallsfund in einer Bibliothek argumentativ aufmunitionieren. Ob dies allerdings letztlich ausschlaggebend war, lässt sich schwer beurteilen, vielleicht hat es ein wenig Eindruck gemacht, da ich nun mit der Schlussakte vom Helsinki kommen konnte, darauf verwies, dass wenn es keine nationalen Gesetze über die Ausreise geben würde, dann internationales Recht gelten müsse. Letztlich war uns aber immer klar, an Gesetze ist die Stasi, oder die DDR-Willkürherrschaft, nicht gebunden. Wenn die uns aus dem Verkehr ziehen wollen, dann tun die das eben. Es war ein bisschen wie Pokern, wir wollten uns nicht in Karten schauen lassen, der Staat ließ dies bei sich sowieso nicht zu. Ein bisschen versuchten wir uns abzusichern, zum einen, dass ich eine Patentante im Westen von unserem Ausreiseantrag wissen ließ, die das dann an das Bundesministerium für innerdeutsche Beziehungen, der damalige

Minister war Egon Franke, weiterleitete.

Das, so hofften wir, würde uns vielleicht helfen, sollten wir eingelocht werden. Vom Häftlingsfreikauf hatten wir gehört und bauten darauf, wenigstens nicht vergessen zu werden oder, was noch viel wichtiger war, dass unsere Kinder nicht irgendwo bei Pflegefamilien untergebracht oder gar zur Adaption freigegeben werden. Entsprechende Gerüchte kursierten, wir mussten diese ernst nehmen und taten dies auch.

Der Gedanke an den Knast war allgegenwärtig, einen Kumpel von mir hatte es schon erwischt, der wollte über Ungarn abhauen, wurde dort an der Grenze zu Österreich festgenommen, an die DDR ausgeliefert, und saß irgendwo in der Gegend von Leipzig seine Haftstrafe ab. Dort, im Knast, hatte er einen Ausreiseantrag gestellt, was ihm aber nicht viel nützte, er wurde nach der Verbüßung wieder in die DDR entlassen und nicht frei gekauft, wie wir hofften. Später erzählte er dann, wie ganz normale Kriminelle, also solche ohne politischen Hintergrund, ebenfalls Ausreiseanträge gestellt hatten, und von denen einige frei gekauft wurden. Aber immerhin hatte sein Ausreiseantrag auch was Positives für ihn, nämlich die Arbeit im Knast.

Gewöhnliche Häftlinge mussten in der chemischen Industrie arbeiten, an sehr gefährlichen Arbeitsplätzen mit wenig Arbeitsschutz und wurden erst dann von dort abgezogen, wenn sie Chlor im Urin hatten, wie er es ausdrückte. Mein Freund aber bekam eine körperlich sehr anstrengende Arbeit im Freien, was obligatorisch war für politische Häftlinge, als solche wurden die mit einem Ausreiseantrag von ihm beschrieben. Nur, das machte ihm nichts aus, er war jung, kräftig und sportlich.

Meine Befürchtungen betrafen weniger seinen körperlichen Zustand, sondern ob er die seelischen Belastungen verkraften kann. So begann ich zu schreiben, mit dem Vorsatz, jeden Tag einen Brief an ihn zu senden, damit er Ablenkung bekommt und diese Zeit im Knast eben ohne größere Schäden übersteht. Die Post wurde zwar zensiert, Briefe, deren Inhalt nicht den Richtlinien entsprachen, kamen nicht durch, was aber, so darf man annehmen, zum nicht geringem Teil von der Einschätzung des Kontrolleurs abhing. Aber ich hatte auch gar nicht vor über politische Themen zu schreiben oder sonst irgendwelche verfängliche Nachrichten in den Knast zu schmuggeln, sondern berichte einfach aus dem Alltag und von meinen Gedanken.

Antworten konnte er mir nicht, lediglich zwei Briefe pro Monat waren ihm erlaubt zu schreiben, da hatten natürlich seine Eltern und seine Freundin Vorrang. Hin und wieder ließ er mir über die Eltern ausrichten, dass er sich immer über meine Briefe freue, und seine Mithäftlinge neidisch auf diese viele Posts waren. Oft las er die Briefe laut vor, sie handelten ja von Alltäglichkeiten. Was sonst hätte ich schreiben sollen, spätestens nach dem zehnten oder zwanzigsten Brief gingen mir die gemeinsamen Themen aus, und da er mir nicht direkt antworten konnte, wusste ich auch nicht, wie ich unsere Themen als Nachricht weiter ausbauen konnte. So schrieb ich eben über Frühstückseier, wie man diese am besten öffnet, ohne eine Sauerei zu veranstalten, oder manchmal auch nur über Klatsch und Tratsch aus der Nachbarschaft.

Genau in diese Zeit der Briefe fiel aber eine Veränderung, mich selbst und nur am Rande meinen Ausreiseantrag betreffend. Diese Zeit war eine ohne Zukunft. Dort wo wir unsere Zukunft sahen, der Ort, war noch unerreichbar, und die Gegenwart, ebenfalls der Ort, erschien surreal, ich wusste, dass diese Welt im Vergehen war. Für mich sowieso, aber auch generell. Ich blickte auf diese Gesellschaft wie in eine Vergangenheit. Diese hielt uns zwar fest, doch dass wir uns aus dieser Umklammerung lösen würden war klar, nur noch nicht, was uns dabei noch geschehen konnte.

Das Denken verändert sich unter diesen Umständen, es löst sich gewissermaßen von Ort und Zeit. Später, als wir schon ein paar Jahre in Stuttgart lebten und ich auf die Meisterschule ging, sagte ich oft, dass diese Zeit des Ausreiseantrages eine war, in der ich mir beim Denken die wenigsten Einschränkungen gestattete. Und so kam alles auf den Prüfstand, auch mein bis dahin ungetrübtes Verhältnis zu Glauben und Kirche. Ich ertappt mich bei der Selbstermahnung: „Das darfst du jetzt nicht denken!" und bekam Angst vor dieser Selbstzensur. Am Ende dieses Prozesses hatte ich meinen Fixpunkt zerstört, meinen Glauben, oder wie ich dem Freund im Knast schrieb: „Ein Denkmal war es an dem ich mich orientierte, es schien mir perfekt zu sein, unantastbar. Nun habe ich es zerstört, die Trümmer liegen herum und ich habe keine Ahnung ob und wann ich mir daraus wieder einen Orientierungspunkt bauen kann." Der Freund im Knast wurde zum Ventil für mich, er konnte mir ja nicht antworten, und vielleicht hat er mir dadurch mehr geholfen als ich ihm.

Die Briefe gibt es nicht mehr, er durfte sie bei der Entlassung nicht mit nehmen, und ich hatte mir keine Kopien gemacht. Ob die Stasi noch welche hatte, weiß ich nicht, war verwundert nur, dass ich in meiner Stasi-Akte kein Wort über diese Briefe gefunden habe. Gleich als es möglich war darin Einblick zu nehmen, bestellte ich mir meine Akte, in den Kopien waren zwar die Namen geschwärzt, doch es brauchte nicht viel Fantasie die Personen dahinter zu entdecken. Allerdings, so muss ich einschränken, war diese Akte damals vielleicht noch nicht komplett, man hört ja immer wieder, dass es da noch so Vieles gibt, was nicht aufgearbeitet ist. Vielleicht sollte ich noch mal Einblick nehmen und hoffe auf jeden Fall, dass dies für alle noch möglich sein wird, auch dann, wenn keine Menschen mehr leben, die die DDR noch persönlich erlebt haben. Etwas verstörend für mich war damals, dass der letzte Eintrag meine Adresse in Stuttgart betraf, mit Telefonnummer und Autokennzeichen. Wenn ich mich richtig erinnere, war sogar mein Arbeitgeber notiert. Ich muss die Akte unbedingt noch mal anschauen.

Ich schrieb keinen neuen Ausreiseantrag, der erste war ja nicht abgelehnt, sondern nur

›nicht bearbeitet‹ wurden. So jedenfalls die Auskunft von dem Herrn Burgwalden vom Ministerium des Innern. Also berief ich mich, in den folgenden Schreiben an die Behörde, daher immer auf diesen ersten und einzigen Antrag und forderte nun, dass internationales Recht zum Tragen kommen müsse. Es war ein rhetorisches Spielchen, dass wir juristisch etwas bewegen konnten, dieser Illusion haben wir uns nie hingegeben. Dieses rhetorische Spielchen erforderte viel Disziplin, wer zu Hitzköpfigkeit neigt, dem Gegenüber mal so richtig die Meinung geigen, sich Luft machen möchte, hat dabei schon von vornherein verloren. Doch nicht nur die Rhetorik war gefragt, sondern auch die Beobachtungsgabe. Passten Gestik, Mimik und Tonfall zu dem Gesagten? Um ehrlich zu sein, ich hatte es meist mit recht lausigen Schauspielern zu tun, die durch ihre Körpersprache ihre Taktik verrieten. Wahrscheinlich war meine Schauspielerei auch nicht viel besser, obwohl ich mich redlich bemühte.

Viel später, bei einem Vorstellungsgespräch für einen Job in der Nähe von Stuttgart, versuchte der Personalchef einer Firma mich ebenfalls gezielt zu provozieren, wahrscheinlich um auszutesten, wie ich mich unter Druck verhalte. Er konnte mich nicht aufs Glatteis führen, auch er verriet sich, weil nichts zusammen passte. Er konnte nicht wissen, durch welche Lebensschule ich gegangen war. Die Daten aus dem Lebenslauf erzählen solche Geschichten nicht.

Meine Sicht über die juristischen Möglichkeiten eines Ausreiseantrags teilten nicht alle. Der Freund, dem den ich die Briefe in den Knast schrieb, vertraute auf einen Anwalt, es war Wolfgang Vogel, so glaube ich mich zu erinnern, dieser Name wurde jedenfalls immer genannt, wenn es um das Thema ging. Zu dieser Person gingen unsere Meinungen auseinander, ich traute dem Braten nicht. Wahrscheinlich mein Freund auch nicht ganz, doch einen gewissen Schutz schien er zu geben, nämlich vor allem den, sich nicht zu verplappern. Denn eigentlich alle Vorgänge in den Behörden waren undurchsichtig für uns, wir mutmaßten uns so durch, wussten nicht, wie auf was reagiert wird. Hier ist dann die Gefahr groß sich durch falsche Einschätzungen selbst in Gefahr zu bringen. Der Anwalt stellte also keinen Schutz vor den Behörden oder der Stasi dar, sondern nur einen für den Klienten vor sich selbst. Für mich allerdings war er Teil des Systems, jedem, der dies anders sah, habe ich Naivität unterstellt. Und dem System wollte ich mich nicht anvertrauen, keinesfalls.

Es war ja auch völlig unklar, wer dem System zuarbeitet und wer nicht. Bei einem örtlichen Siedlerfest, von einem Verein ausgetragen, von dem ich nur wusste, dass mein Vater da Mitglied war und dass die eben jedes Jahr ein Fest ausrichteten, mit Tombola und Schießbuden etc., hatte ich mich verplappert und bin in eine Falle getappt.

Selbstverständlich bin ich nie zu einer dieser Wahlen in der DDR gegangen, ob die Volkskammer oder etwas anderes gewählt wurde, ich habe alles boykottiert. Wieder standen, zwei Stunden bevor die Wahllokale geschlossen wurden, zwei Herren vor der Tür, die mich zur Wahl begleiten wollten. Sanfter Druck also wählen zu gehen. Als ich denen zu verstehen gab, dass ich nicht wählen werde, wollten sie wissen warum, und ich könnte ja alle Kandidaten durch streichen, und weiteres solches Gefasel. Ich gab ihnen keine Antwort, meinte nur, dass wir laut Gesetz freie und geheime Wahlen haben, und ich lediglich von meinem Recht Gebrauch mache, nicht wählen zu gehen. Keine weiteren Auskünfte. Und so sind die beiden wie begossene Pudel wieder abgezogen und ich genoss meinen kleinen Triumph übers System. Allerdings hatte meine Nichtauskunft noch Folgen in der Form, dass ich noch mehr Vertrauen zu meinen Mitmenschen verlor.

Auf einem dieser Siedlerfeste also traf ich mich mit ein paar Kumpels, meine Frau war auch dabei, wir haben einfach gefeiert und waren später auch ordentlich besoffen. Der Vater eines ehemaligen Klassenkameraden gesellte sich zu uns, wir erzählten Witze oder andern Blödsinn. Ziemlich ausgelassene Stimmung. Als dann meine Frau, sowie ich und dieser Vater, einmal allein waren, kam die Sprache auf die Politik. Ich zog vom Leder, schimpfte über Kommunismus und dergleichen, es brach aus mir heraus, so wie das eben bei Besoffenen manchmal geschieht. „Das ist doch mal ne klare Ansage" meinte der Vater des ehemaligen Klassenkameraden und fuhr fort: „Und nicht so ein Käse, den du uns bei der Wahl erzählst hast." UNS! Er gehörte zum System, wie Schuppen fiel es mir von den Augen.

Dieser Vorfall hatte keine weiteren Folgen für mich, wahrscheinlich hat der Vater des Klassenkameraden es für sich behalten und nicht seinen Kontaktleuten berichtet. Nicht alle bei der Stasi waren gewissenlose Verräter. Aber es hätte auch anders kommen können und meine Sinne diesbezüglich wurden einmal mehr geschärft.

Nach meinen neuerlichen Schreiben an das Ministerium des Inneren, in denen ich auf die internationalen Verpflichtungen der DDR hinwies, wurde ich wieder vorgeladen, doch nicht um befragt, sondern nur um belehrt zu werden. Welche Gesetze wo wie gelten würden und noch mal die Ermahnung, die Arbeit der Behörden mit meinem Anliegen nicht weiter zu behindern, mein Verhalten wäre strafbar, sollte ich weiter Briefe mit meinen Forderungen an die Behörde schicken. Alles schön mit den entsprechenden Paragrafen hinterlegt. Schriftlich bekam ich nie irgend etwas ausgehändigt und mitgeschrieben habe ich auch nichts. Es war mir ja auch egal, was in den Gesetzen steht, die wurden nach Gutdünken angewandt, davon war und bin ich überzeugt. Zum Abschluss allerdings dann der Wink mit dem Zaunpfahl: „Das können Sie alles nachlesen, in einer öffentlichen Bibliothek beispielsweise, aber das wissen sie ja." OK, Botschaft angekommen. Man hatte nachgeforscht, woher ich meine Infos hatte und in dem man mir dies sagte, gleichzeitig durch die Blume mitgeteilt, dass ich nichts unbemerkt machen könne.

Von nun an schaute ich mir die Bibliothekarinnen, es waren nur Frauen dort, genauer an. Und immer fragte ich mich, welche von ihnen die Information weiter gegeben hat, oder ob es vielleicht eine Richtlinie gibt, nach der gemeldet werden muss, wenn jemand sensible Literatur ausleiht. Möglicherweise bin ich auch nur einfach observiert worden und man sah, wie ich in diese Bücherei rein ging und hat die entsprechenden Schlüsse gezogen. Das Problem ist, ich weiß es bis heute nicht durch welchen Vorgang auch immer, die Typen vom Ministerium davon wussten. Aber eigentlich war auch das mir egal, es hatte nur die Konsequenz, dass ich den Bibliothekarinnen nicht mehr über den Weg trauen konnte. Der Hass auf die Gesellschaft verstärkte sich. Was ist das nur für ein System, dachte ich mir, in dem man nicht einmal mehr mit Angestellten einer Bibliothek einfach unbeschwert über Bücher und Literatur reden kann, und immer im Hinterkopf haben muss, dass jedes gesagte Wort bei der Stasi landen könnte. Die Ungewissheit über das was mit einem geschieht, ist das eigentlich brutale an einem solchen Überwachungsapparat.

„Ich trat vor die Tür", schreibt Andrew

Vachss in einen seiner Burke-Kimis, „und der kalte Wind strich mir über den Rücken, sein Kind behütend." Diesen kalten Wind spüre ich – nun rund fünfunddreißig Jahre nach der Ausreise – immer noch, wenn ich mich in die damalige Zeit zurückversetze. Er hat für mich einen Namen: Misstrauen. Es ist eines, was nicht weichen will, bis heute. Als mich 2016 eine Einladung zu einem Klassentreffen erreichte, immerhin war es ein fünfzigjähriges Jubiläum zum Schulabschluss, ging ich nicht hin. Wem kann ich trauen von meinen ehemaligen Klassenkameraden? Will denn das Misstrauen nie mehr vergehen?

Plattenbauten

und eine rote Flagge

Misstrauen schlich sich wie der kalte Wind selbst in die privatesten Kontakte. Es war natürlich bei Leuten wie wir, die wir uns als Oppositionelle und Regimegegner in der DDR verstanden, besonders ausgeprägt, doch es erfasste genauso die normalen Bürger, die die eigentlich nur in Ruhe gelassen und ihr Leben leben wollten. Dies zeigte sich in vielfältiger Weise, zum Beispiel durch das Flüstern in der Öffentlichkeit. Niemand wusste so recht, welche Informationen über sich selbst wo gesammelt wurden, also misstraute man jedem. Keiner fragte eventuell sensible Dinge nach, es hätte ihn verdächtig gemacht, also galt, besser nicht auffallen und sich wie ein Fisch im Wasser bewegen, nicht anecken, nicht das Interesse von wem auch immer wecken. Opportunismus entstand schon daraus, nicht auffallen zu wollen. Die weit verbreitete Meinung heute, vor allem im Westen, der Opportunismus in DDR hätte vor allem dazu ge-

dient, berufliche Karrieren nicht zu gefähr-
den, es also überwiegend Leute mit entspre-
chendem Ehrgeiz betraf, ist so nicht zutreffend. Es erwischte jeden, zwang selbst diejenigen zum Opportunismus, die eigentlich nur
ihre Ruhe haben wollten.

Wie intransparent und damit auch willkür-
lich der Staat mit seinen Bürgern umging,
wurde mir bei einem der ersten Gespräche im
›Ministerium‹ des Inneren der Kreisstadt
Glauchau nochmals verdeutlicht. Diese Gespräche waren, fast immer, durchsetzt mit
persönlichen Angriffen, das war sozusagen
ihr Charakter. Gezielte Provokationen, die ich
anfangs als reine Machtdemonstration miss-
deutete, und die man aber keinesfalls in glei-
cher Manier erwidern durfte, wollte man sich
nicht in Gefahr bringen.

„Sie haben sich aber ganz mies ihrem Betrieb gegenüber verhalten", sagte schon in
unserem ersten Gespräch der Herr Burgwalden, „sie haben eine Wohnung bekommen,
und dann kündigen sie". Hier wurde ich tat-
sächlich auf dem falschen Fuß erwischt, denn
bis zu diesem Zeitpunkt war mir nicht klar,
dass dieses ehemalige Wohnungsbaukombinat, bei dem ich mich nun oft als Querulant
bewiesen habe, mit dieser Wohnungszuteilung

irgendwas zu tun hatte. Aber um ehrlich zu sein, ich weiß auch gar nicht mehr, wie genau wir zu dieser Plattenbauwohnung in der ›Sachsenalle‹ gekommen sind. Das war 1980, also doch einige Zeit vor unserem Ausreiseantrag.

Wir waren ja nun verheiratet, der erste Sohn ein Jahr alt, der zweite unterwegs, und hatten bis dahin im Haus meiner Eltern gelebt, doch ich hatte auch jüngere Geschwister, die sehnsüchtig darauf warteten, dass mein Zimmer frei wird. Also musste irgendeine Bleibe her. Wenn ich damals schon von den Chemnitzer Künstlerkreisen gewusst hätte, wie die sich ihre Wohnungen besorgten, nämlich einfach in leerstehende eingezogen, dann hätte ich das wahrscheinlich auch getan. Doch der Kontakt sollte erst später zustande kommen, also wusste ich noch nichts von dieser Praxis.

Leer stehende Wohnungen gab es nämlich, nur waren das welche in heruntergewirtschafteten und verfallenden Altbauten. Halbe Ruinen eigentlich. Wer ein Mehrfamilienhaus besaß, konnte arm werden, wenn er es nur einigermaßen in Ordnung halten wollte, mit den Mieteinahnen jedenfalls konnte die Instandhaltung nicht finanziert werden. Nicht besser sah es aus, wenn die Häuser von der Gebäudewirtschaft verwaltet wurden, was auch diese Häuser betraf, deren Eigentümer im Westen lebten und ihr Eigentum wegen Flucht oder Ausreise zurücklassen mussten.

Aber gerade in diesen verfallenden Altbau-Wohngebieten entwickelte sich so was wie eine Subkultur, die von der Obrigkeit zwar beobachtet wurde, aber dennoch gewisse Freiheiten genoss. Der Prenzlauer Berg in Berlin ist vielleicht das bekannteste Beispiel. Doch so was gab es eben nicht nur dort, sondern auch in der Provinz und in Städten wie Chemnitz. Aber wie gesagt, davon erfuhren wir erst später.

Also zogen wir in die ›Platte‹ ein und bekamen, als Wohnungsinventar, eine rote Fahne ausgehändigt. Die auf der anderen Seite der Treppe hatten eine DDR-Flagge. Schön ordentlich sollte es aussehen, wenn die Häuser beflaggt werden sollten, zum 1. Mai oder zum 7. Oktober, dem Staatsfeiertag zur Gründung der DDR. Damit wir dies auch ja nicht vergessen, war ein Schreiben am Nachrichtenbrett gleich neben dem Eingang ausgehängt, in dem die Bewohner des Hauses dazu aufgefordert wurden, ihre Verbundenheit mit dem Arbeiter- und Bauernstaat durch das Anbringen der Flagge zu bekunden. Also speziell zu diesen beiden Feiertagen.

Ich hielt dies Anfangs für einen der üblichen Sprüche und glaubte nicht daran, dass dieser Aufforderung viele folgen würden. In der Siedlung, in der ich groß wurde, dort hängten allenfalls die Hundertprozentigen, und nicht mal die alle, eine Flagge ans Haus. Weder am 1. Mai und schon gar nicht am 7. Oktober. Zu meiner Überraschung war dies in diesem Neubaugebiet aber ganz anders. Alle, jedenfalls so in meiner Erinnerung, in diesem Block, wie auch in den anderen in dem Neubaugebiet, folgten der Aufforderung. Einmal nur wurde ich von einem Bewohner des Hauses, in dem wir nun wohnten, gefragt, wo denn unsere Fahne sei. Wir hatten sie natürlich nicht angebracht. Irgendeine schnippische Antwort gab ich darauf. Aber ansonsten war Schweigen angesagt und eine seltsame Veränderung ging mit den Menschen im Haus vor.

Während sonst allgemeiner Klatsch und Tratsch im Treppenhaus üblich war, man sich auch gegenseitig ins Wohnzimmer einlud, ja sogar einen Kellerraum etwas ausgeschmückt wurde, in dem dann Hauspartys stiegen, an denen sich alle beteiligten, und es manchmal auch recht hoch herging, wollte nun auf einmal keiner mehr mit mir sprechen oder gesehen werden. Kurz angebundenes „Glück auf" oder gar ein förmliches „Guten Tag" war alles. Unsere Gegenwart wirkte merklich unangenehm und Eile wurde vorgetäuscht. War die Zeit für die Beflaggung vorüber, normalisierte sich das Verhältnis langsam wieder.

Oft, so dachte ich, haben meine Nachbarn ihre Verhaltensänderung gar nicht bemerkt, sondern sie beschlich nur ein unbestimmtes Gefühl des Unwohlseins in meiner Gegenwart in dieser Zeit. Opportunistisches Verhalten durchs Unterbewusstsein gesteuert? Wäre es eine reine Vernunftentscheidung für dieses Verhalten gewesen, dann hätte man mich generell meiden müssen, nicht nur in dieser Zeit des ›Flagge zeigens‹. Dieses Verhalten war erkennbar, schon lange bevor wir unseren Ausreiseantrag stellten und hat sich auch nicht geändert, als wir dann wegen eben diesem Antrag bekannt wurden – vielleicht nicht im ganzen Neubaugebiet, aber sicher doch in unserem Block. War keine Beflaggung angesagt, wurde ich dann schon mal nach dem Fortgang meines Ausreiseantrages gefragt, worauf ich natürlich keine wirkliche Antwort gab, trotz aller Nachbarschaft und Partys, übern Weg getraut habe ich niemanden mehr.

Aber diese rote Fahne sollte noch mal eine Rolle spielen und auf dem Ministerium des Inneren zur Sprache kommen. Ein paar Tage vor der Ausreise, da hatten wir schon unsere Papiere zur Entlassung aus der Staatsbürgerschaft der DDR in der Hand.

Als wir unsere Plattenbauwohnung räumten, wie gesagt, die Staatsbürgerschaft hatten wir schon los, waren also eigentlich staatenlos, hatten nur noch nicht den Ausreisetermin mitgeteilt bekommen, fanden wir die rote Fahne wieder. Sie war hinter einen Schrank gefallen und kam nun wieder zum Vorschein. Diese Räumung, mit ein paar Freunden durchgeführt, war eine überaus heitere Veranstaltung, und so ermahnte ich, mehr im Scherz, dass diese Fahne nicht verloren gehen solle, die wäre schließlich Volkseigentum und gehört zur Wohnung. Ein Freund steckt sie darauf in die dafür vorgesehene Halterung am Schlafzimmerfenster. Ich ärgere mich bis heute, kein Foto davon gemacht zu haben, wie nun diese Fahne zum ersten Mal angebracht wurde. Der ganze trostlose grau-beige Neubaublock als Kulisse und eine einzelne rote Fahne, ausgerechnet an unserer Wohnung, zum allerersten Mal. Karl Kraus' Spruch über die Volkszählung in Wien fällt mir heute dazu ein, dass nämlich die Stadt 2.030.834 Einwohner hatte, 2.030.833 Seelen und ihn. Seelen, irgendwas in Richtung lebloses, und er als Gegenpart zu den allen. Ja, wir schwebten auf Wolken, und jeden, den wir trafen, bedauerten wir, weil der nicht leben durfte.

Das Anbringen der roten Fahne war aber keine gezielte Provokation, wie man auf dem Ministerium des Inneren meinte, sondern einfach nur aus Übermut geschehen. „Sie können froh sein, dass sie kein Staatsbürger der DDR mehr sind, diese Aktion mit ihrer roten Flagge hätten wir uns sonst nicht gefallen lassen" eröffnete mir ein Mitarbeiter der Behörde. Mit dem Herrn Burgwalden hatten wir da schon seit gut einem halben Jahr nichts mehr zu tun und der Name des anderen, wie sein Äußeres, ist mir entfallen. Anfangs stand ich auf dem Schlauch, wusste gar nicht, was der Typ von mir wollte, bis es mir wieder einfiel. Klar, natürlich, die Wohnungsräumung.

Ob die Bewohner des Plattenbaublocks froh waren, als wir nun endlich weg waren, kann ich natürlich nicht beurteilen und möchte dies auch nicht unterstellen. Sicher aber fanden sie es angenehmen, nun nachdem der Querulant weg war, sich nicht mehr während der Zeit von Beflaggungen, durch unsere Existenz an ihren Opportunismus aufmerksam gemacht zu sehen. Das hissen der Flagge bei unserer Wohnungsräumung ist sicher nicht nur Stasi und Co. unangenehm aufgestoßen, sondern auch den Angepassten und Mitläufern im Neubaugebiet Sachsenallee. Sie wurden an etwas erinnert, an das sie nicht erinnert werden wollten. Oder es wurde ihnen ihr Opportunismus bewusst, von dem sie eigentlich auch nichts wissen wollten. Man richtet sich eben ein, so gut es geht, und schwimmt im Schwarm. Leute die nicht im Schwarm schwimmen, will man besser nicht sehen.

Im letzten Kapitel sprach ich von großen Betrieben und kleinen Privatfirmen, wie sich Menschen entsprechend ihrer Haltung oder ihres Charakters sortierten. Die welche nicht angepasst oder Mitläufer sein wollten, einfach nur, weil sie Originale waren und sich nicht verbiegen lassen wollten, die zog es nicht in die Neubaugebiete, in die Platte und Arbeiterwohnregale, für die war ein verfallener Altbau eher die erste Wahl, trotz Kohleheizung und Klos auf der halben Etage im Treppenhaus. Das konnte man sich ja dann selbst ein wenig modernisieren. In den Altbaugebieten, wie auch in solchen Siedlungen in der ich aufwuchs, sah man nicht viele Fahnen an den Häusern, am 1. Mai oder am 7. Oktober. Oppositionelle waren die Leute deswegen noch lange nicht, ihnen war nur der Opportunismus unangenehm, der anderen Ortes zu greifen war. Der Wunsch nach Freiheit und Individualismus war bei den Altbaubewohnern in der Summe deutlich spürbarer als bei denen in der Platte. In der Summe wohl gemerkt, generalisieren darf man es nicht, darf man nie.

Ob dies alles den DDR-Oberen bekannt war, dass Altbauten den Wunsch nach Freiheit und Individualität, auch Identität fördern, die Plattenbauten aber zur Konformität und zum Opportunismus zwangen, lässt sich aus meiner Sicht schwer beurteilen. Wenn man allerdings betrachtet, welche Ressourcen für was verwendet worden, dann lässt einem dies zu diesen Schluss kommen. Wenn nun heute Altbauten hübsch restauriert im neuen Glanz erstrahlen, vielerorts – eigentlich fast überall – dafür die nun leer stehenden Plattenbaublocks abgerissen werden, so erfüllt mich das schon mit einer gewissen Genugtuung. Nur kommen heute andere Ideologen daher, um dieses schöne neue alte Bild mit ihren Dämmvorschriften wieder zu zerstören. Die Häuser in Styropor einzupacken bringt ja nicht viel außer Hässlichkeit. Aber vielleicht ist das auch nur eine andere Art der Zwangsbeflaggung. Diejenigen, die sich dagegen wehren, sind möglicherweise die Originale und Unangepassten gegen einen neuen Zeitgeist und die, die den Vorschriften folgen, die Opportunisten.

Normalerweise mag ich ja diese DDR-BRD-Vergleiche nicht, hier, weil es sich auch um soziologische Aspekte handelt, ist es wohl ausnahmsweise mal erlaubt. Unter dem besonderen Druck einer Diktatur werden halt oftmals Dinge sichtbar, die eigentlich überall vorkommen, nur eben selten so offensichtlich werden. Genauso wie die Wissenschaftler die in den Urwäldern oder auf einsamen Inseln sogenannte ›native People‹ aufsuchen, ihre Verhaltensweisen studieren, um dabei Rückschlüsse auf die dem Menschen innewohnende Natur nehmen, so offenbart der Blick in eine Diktatur ebenfalls Einsichten in Verhaltensweisen die auch in freien Gesellschaften vorhanden sind, dort aber meist weniger deutlich erkennbar.

Aber kommen wir zurück zum Ausreiseantrag. Oben sagte ich, dass wir mit dem Herrn Burgwalden vom Ministerium des Inneren nichts mehr zu tun hatten. Das war etwa ab dem Zeitpunkt als uns mitgeteilt wurde, dass nun unser Antrag doch bearbeitet werde. Etwa ein halbes Jahr bevor wir dann endlich wegdurften, im Sommer 83.

Prag, die Sächsische Schweiz und Amerika

„Haben sie Verwandte, auch sehr entfernte, in den Vereinigten Staaten?", fragte mich ein Mitarbeiter der Botschaft der Vereinigten Staaten in deren Ostberliner Domizil in der Neustädtischen Kirchstraße. Wochen vorher hatte ich schon die ›Ständige Vertretung der Bundesrepublik‹ in Ost-Berlin ein oder zweimal aufgesucht, um unserem Ausreiseantrag einen Schub zu verleihen. So ungefähr nach einem halben Jahr war alles scheinbar ins Stocken geraten und nun, noch ein halbes Jahr später, hatten wir den Eindruck, dass sich nichts mehr bewegt. Keine Reaktionen der zuständigen Behörde mehr, keine Vorladungen um uns ein wenig einzuschüchtern, nicht mal, als wieder eine Wahl anstand, wurde ich aufgesucht. Zwei Mitglieder unserer oppositionellen Gruppe, also Freunden von uns, durften in der Zwischenzeit ausreisen. Schon allein durch diesen Vorgang, war es dem Ministerium des Inneren nicht mehr möglich an ihrer alten Argumentation festzuhalten, wonach es keine gesetzliche Grundlage in der DDR gäbe, und unsere Anträge nicht bearbeitet werden könnten. Die nun wöchentlich eintreffenden Briefe dieser beiden Kumpels kannten die ja sicher auch, dass die geöffnet und mitgelesen wurden, davon gingen wir aus.

Wir verfuhren in diesen Briefen genau so, wie ich es mit meinen Briefen an meinen Kumpel im Knast tat, berichteten unverfängliches und bestenfalls, wenn es doch einmal ein wenig konkreter sein sollte, wurde durch die Blume angedeutet. Aber es war auch nicht so wichtig, was in diesen Briefen stand, ihre pure Existenz war genug. Mein Kollege, der Ex-Lehrer, wusste natürlich von Tucholskys Graf Koks zu berichten, als ich von meiner Korrespondenz mit meinen Freunden im Westen erzählte. Dieser Graf Koks hatte mit einem getürktem Brief ein neugieriges Postfräulein rein gelegt, in dem er in einem Brief an einen Freund schrieb, diesem Brief würde ein lebendiger Floh beiliegen, was aber nicht stimmte. Nur als der Brief beim Freund ankam, war ein Floh drin. Soweit die kleine Geschichte von Tucholsky. Das gefiel uns, wir stellten uns vor, wie sich das Postfräulein auf die Suche nach einem Floh machte, um nicht überführt zu werden, was dann aber ausgerechnet dadurch geschah, und machten uns nun nicht ganz ernsthafte Gedanken darüber, wie wir denn unseren Mitlesern von der Stasi auch ein Schnippchen schlagen könnten. Wir mutmaßten jedenfalls, dass unsere Briefe systematisch mitgelesen werden, und wie die meisten dieser Mutmaßungen, stellte sich später raus, dass wir damit richtig lagen.

Natürlich wurde ich von Freunden und Kollegen danach gefragt, was denn meine Kumpels aus dem Westen zu berichten hatten. Beide waren im Großraum Stuttgart sesshaft geworden und sind letztlich auch der Grund, warum auch ich später dort landen sollte.

Aber auch Fremde wollten nun Auskunft, was mich jedes Mal in einen Gewissenskonflikt brachte. Einmal beispielsweise, stand ein junger Mann vor der Wohnungstür, ich kannte ihn nicht, er fragte mich nach Tipps für einen Ausreiseantrag und hätte gehört, dass wir einen solchen gestellt haben. Ich ging auf Nummer sicher und schickte ihn zum Anwalt, nannte Wolfgang Vogel und erzählte nichts von meinem Bibliotheksfund, auch nichts über unsere Strategie oder die Möglichkeit die Ständige Vertretung der Bundesrepublik in

Ost-Berlin aufzusuchen, um dort wenigstens mit dem Anliegen registriert zu werden. Nichts von alledem, ich durfte ihm nicht trauen, obwohl alle Sensoren mir meldeten, dass dieser junge Mann es ehrlich meinte und nicht von der Stasi war. Man möchte helfen, doch darf es nicht. Ein scheiß Gefühl ist das.

Doch nicht nur Menschen mit einer Bitte um Hilfe oder Auskunft traten nun immer öfter an mich ran, sondern auch nur neugierige. Vielleicht weil sie nur von alternativen Lebenszukunftsmodellen hören wollten, jenseits der Zwänge des Systems DDR, oder weswegen auch immer. Mir gingen diese ständigen Fragen, warum ich denn wegwolle, zuweilen auf den Wecker, weshalb ich auch einmal schnippisch antwortete: „Wegen dem allgemein um sich greifenden Schwachsinn." Das war während einer Klettertour im Erbsandsteingebirge, am Talwächter, der ist nicht so schwierig, jedenfalls nicht der Schusterweg, ich bin kein Profi, und dort war ich eigentlich auch nur auf Einladung meines Kollegen und Freundes, dem Handwerksmeister der seine Firma verkauft und ebenfalls einen Ausreiseantrag gestellte hatte. Der, der mich fragte, gehörte zum Bekanntenkreis meines Freundes, hatte also einen gewissen Vertrauensbonus. Aber ich hatte einfach keine Lust detailliert zu antworten, so oft wurde ich an diesem Wochenende schon gelöchert, also ausgefragt. Doch seine Antwort auf meinen Spruch verblüffte mich dann schon. Nachdem er so rund eine Minute darüber nachgedacht hatte, meinte er: „Das verstehe ich." Nicht nur mir fiel der widersinnige und manchmal surreale anmutende Charakter der DDR-Gesellschaft auf.

Dass Künstler und Prominente die DDR verlassen konnten, deren Anträge auf Ausreise genehmigt wurden, Manfred Krug und Armin Müller-Stahl beispielsweise, oder auch Eberhard Cohrs, wusste man. Wolf Biermann wurde der Masse erst durch seine Ausbürgerung bekannt. Aber das waren ja irgendwie andere, eben Prominente, nicht der kleine Mann von nebenan. Doch nun, am Beginn der achtziger Jahre, wurden mehr und mehr Leute wahr genommen, solche wie ich und meine Freunde, die das Land verlassen wollten, und denen das auch genehmigt worden ist. Wollte die SED-Führung damit sozusagen Druck aus dem Kessel lassen, so ging das nach hinten los, weil den Menschen nun erstmals seit dem Mauerbau wieder eine reale Möglichkeit aufgezeigt wurde, das Land zu verlassen und nicht gleichzeitig, wie bei der Flucht über die Grenze, das eigene Leben aufs Spiel setzen zu müssen. Wie ein Kristall begann diese Ausreisebewegung zu wachsen und erreichte in der zweiten Hälfte der Achtziger solche Ausmaße, dass sich diejenigen die nicht das Land verlassen wollten, genötigt sahen dies zu erklären, obwohl sie natürlich weit in der Mehrheit waren.

Wir freilich konnten diese kommende Entwicklung nicht voraussehen, zum Zeitpunkt unseres Ausreiseantrages war in der Sowjetunion Breschnew an der Macht, dies ließ nicht erwarten, dass sich im Ostblock irgendwas in Richtung Freiheit ändert. In Polen herrschte wegen Solidarność Kriegsrecht, die Grenze zum Nachbarland, dass man vorher ohne Visa bereisen konnte, wurde geschlossen. Eher sah es danach aus, als ob es zu einer weiteren Verschärfung der Verhältnisse kommen würde. Mit einem Mal kursierten Polenwitze, einer ging so: „Walesa hat einen Herzinfarkt bekommen – ach ja, warum denn? – er hat aus dem Fenster geschaut und einen Polen arbeiten sehen." Vorbei war es mit der Völkerfreundschaft, denn dass diese Witze von den Genossen, oder gar der Stasi, in Umlauf gebracht wurden, um Stimmung gegen die Freiheitsbewegungen im Nachbarland zu machen, war offensichtlich. Geschickt wurde die nationalistische Karte gespielt und die Erinnerung an Prag 68 wurde wach. Zwar nicht bei mir persönlich, doch die Erzählungen über den Prager Frühling kursierten, berichteten von den Hoffnungen der Menschen, und deren Scheitern in Realität.

Ein Fünkchen Hoffnung war dennoch vorhanden, auch wieder aus Prag leuchtend, und mit der Charta 77 verbunden, jener Bürgerrechtsbewegung die unter anderem die Einhaltung der Schlussakte von Helsinki forderte, genau so wie ich für uns in unserem Ausreiseantrag. Die Bedeutung dieses Vertrages für Oppositionelle in der DDR kann gar nicht hoch genug bewertet werden, wir klammerten uns an jedes Wort, es gab uns Kraft und setzte unsere Gegner unter moralischen Druck. Prag wurde auch deswegen zu einem Sehnsuchtsort für Freiheit; und nicht wenige DDR-Oppositionelle trafen sich im U Fleků beim Schwarzbier oder auch nur um zu feiern und den Traum der Freiheit zu träumen.

Ein Problem war das Geld, denn im Gegensatz zu den Westdeutschen, von denen wir im Fleck nicht wenige trafen, mit ihnen diskutierten, und die einen Mindestumtausch hatten, durften wir Ossis nur sehr begrenzt umtauschen. Zwanzig DDR-Mark pro Person und Tag, das ergab rund 60 Kronen. Damit war an eine reguläre Übernachtung in Prag nicht zu denken, also schliefen wir auf Dachböden. Ein Kumpel hatte ein Haus, ziemlich im Zentrum, ausfindig gemacht, das nie abgeschlossen war. Die Bewohner haben vermutlich nichts von unseren Besuchen mitbekommen. Am Abend dann wurde das, was vom Geld noch übrig war, im Fleck auf den Kopf gehauen. Hier sprachen und diskutierten wir frei, glaubten uns nicht mehr im Fokus der Stasi oder deren Zuträger. Ja, diese gelegentlichen Wochenenden dort, gaben uns Kraft einerseits, machten uns aber die Tristesse unserer DDR-Umgebung um so deutlicher.

Stück für Stück fühlte man sich immer mehr eingemauert, nun da auch noch Polen dicht war. Die Zeit wirkte bleiern, nichts bewegte sich. Auch mit unserem Ausreiseantrag ging es nicht weiter. Von irgendwo her hatten wir gehört, dass man als ganz normaler DDRler die Vertretung der Bundesrepublik in Ost-Berlin aufsuchen konnte, was ich dann auch tat. Zwar wurde ich hier vor dem Betreten von Polizisten nach meinem Personalausweis gefragt, doch das konnte man auch gar nicht anders erwarten. Gehindert wurde ich am Betreten der Vertretung nicht, auch nicht danach gefragt, was ich dort wolle. Unterm Strich allerdings habe ich diesen Besuch eher in negativer Erinnerung. Wir hatten ja vor allen Dingen Fragen, übers Prozedere, wie unsere Chancen stehen demnächst raus zu kommen, und dergleichen mehr. Doch schon die Atmosphäre im Büro des Beamten, zu dem ich gebeten wurde, ließ kein Vertrauen aufkommen. Beamter hinterm Schreibtisch, Stühle davor. Das Ganze lässt mich heute eher an eine Befragung denken, als ein Gespräch über unsere Situation, oder über den einen oder anderen Tipp, wie wir uns verhalten könnten. Vor was haben diese Typen eigentlich Angst, fragte ich mich damals, und hatte den Eindruck, dass sie sich im Grunde genauso verhielten, wie ich das aus Selbstschutz gegenüber denjenigen tat, die mit Bitten um Auskunft an mich herantraten.

Wenigstens wusste nun aber die Stasi und das Ministerium des Inneren, dass wir nicht locker lassen würden, und gegebenenfalls auch eine Eskalierung der Situation in Kauf nehmen. Genau das begannen wir nämlich gedanklich durchzuspielen. Wir überlegten uns, ob wir heimlich Flugblätter herstellen sollten, diese halb heimlich verteilen, uns dann in die Vertretung flüchten, um dort um Asyl bitten. Genau solcherart geschah später, allerdings nicht von uns. Die Situation war einfach so, dass sich diese Gedanken geradezu automatisch aufdrängten, und ich vermute, viele Ausreisewillige haben an derartiges gedacht.

Nach dem also der Besuch in der Ständigen Vertretung, ein eher frustrierendes Erlebnis war, die Erwartungen waren vielleicht zu hoch, war wieder der bleierne Stillstand zu spüren und um den zu überwinden, entschloss ich mich, eigentlich mehr aus Neugierde, die amerikanische Botschaft zu kontaktieren. Da lief ich einfach rein, wurde auch vorher auf der Straße nicht kontrolliert, vorbei an einer Art Pforte, die ich allerdings anfangs gar nicht bemerkte, sie wirkte eher wie ein Fahrkartenschalter, und fand mich in einer Art Warteraum wieder, also solcher auch wiederum erst auf den zweiten Blick erkenntlich. Komfortrabe Sitzmöbel und, wenn mich meine Erinnerung nicht täuscht, auch Sofas mit kleinen Beistelltischchen standen herum.

Also ging ich wieder zurück zum Eingang, an die winzige Pforte, um dort zu fragen. Eine überaus freundliche Frau um die Dreißig, begleitete mich zu diesen Raum, in dem ich vorher schon rein spaziert war, und bat mich, hier auf den Mr. Smith (ich habe seinen richtigen Namen vergessen) zu warten. Es würde ein paar Minuten dauern, ich könne auch in der Zwischenzeit in die Bibliothek gehen. Dankend lehnte ich ab, war emotional viel zu aufgekratzt, um irgendwas hätte lesen zu können.

Was für ein Unterschied zur Ständigen Vertretung: Locker, freundlich und offen wurde ich empfangen, und nicht wie ein Bittsteller ein paar Straßen weiter. Es wurde noch besser. Im Büro des Herrn Smith setzten wir uns gemeinsam an ein ebenfalls kleines niedriges Tischchen, nahmen Platz in gepolsterten Sesseln, die nicht gegenüber standen, sondern über Eck. Schon die Einrichtung und das Prozedere ließ Vertrauen aufkommen.

Nachdem ich mein Anliegen vorgetragen hatte, erzählte, dass ich bereits einen Ausreiseantrag in die Bundesrepublik gestellt habe, sich aber momentan nichts mehr bewegt, fragte mich eben dieser Herr Smith, ob ich Verwandte in den Vereinigten Staaten hätte. Ich erzählte ihm von einer Großkusine irgendwo in New Jersey, von der ich aber nicht einmal den Namen oder eine Adresse hätte, dies aber wiederum schnell herausbekommen könnte. Aber einen persönlichen Kontakt zu meiner Großkusine hätte ich nicht.

„Das genügt", erklärte er mir, damit könne ich einen Antrag auf Familienzusammenführung stellen. Das Außenministerium würde meine Verwandte aufsuchen, sie ein Papier unterzeichnen lassen, dass sie diese Familienzusammenführung wünscht, sie gleichzeitig aufklärt, dass damit keinerlei Verpflichtungen für sie entstehen. Ich müsse nur meinen Ausreiseantrag zurückziehen, um dann diesen anderen Weg zu beschreiten. Falls ich es so tue, würde die DDR meinen Wunsch nach Familienzusammenführung ablehnen, worauf das Außenministerium der Vereinigten Staaten beim Außenministerium der DDR im Interesse des US-Bürgers vorstellig wird. Von da an dauert es mit der Ausreise noch ein halbes Jahr. So seine konkrete Auskunft. Ich erzähle dies deswegen in dieser Länge, um den Unterschied zur Ständigen Vertretung deutlich zu machen, die haben sich nämlich nicht in die Karten schauen lassen, nicht erklärt, was sie in unserer Sache unternehmen könnten oder würden.

Für mich war die Sache klar, genau das werde ich so tun, und wie auf Wolken schwebend, verließ ich die Botschaft, wusste nur noch nicht, wie ich meine Frau davon überzeugen könnte. In Gedanken sah ich mich bereits wie Sal Paradise aus Kerouacs ›On The Road‹ in Richtung Kalifornien reisen. Oder im nächsten Moment Faulkners ›Yoknapatawpha County‹ unsicher machen, von dem ich natürlich wusste, dass es den nicht wirklich gibt.

In diese Gedanken versunken, ging in Richtung ›Unter den Linden‹ und bereits ein ganzes Stück von der Botschaft entfernt, traten mir zwei Polizisten in den Weg. „Personenkontrolle, Ihren Personalausweis bitte!" Nachdem ich diesen ausgehändigt hatte, stellte einer der Polizisten mir noch ein paar Fragen, ich habe vergessen welche, meine Antworten natürlich auch. Muss wohl irgendwie belanglos gewesen sein, bestimmt wurde ich nicht nach meinem Besuch in der Botschaft befragt, das hätte ich mir gemerkt. Dass aber diese Personenkontrolle genau damit zu tun hatte, war offensichtlich, zu gezielt wurde ich für diese Kontrolle raus gesucht.

Nur wenige Tage später, meine damalige Frau und ich diskutierten ernsthaft darüber unsere Strategie zu wechseln und die Vereinigten Staaten als Ziel anzuvisieren, standen wieder zwei Typen vor der Tür und überbrachten eine Vorladung zum Ministerium des

Inneren. Wie üblich natürlich nur mündlich. Dort wurde mir dann gesagt, dass unser Ausreiseantrag nun bearbeitet werde. Damit hatten wir es geschafft, das wussten wir von anderen Fällen. Von nun würde es ungefähr noch ein halbes Jahr dauern, dann sind wir raus. Und es bestand auch keine Notwendigkeit mehr, die Optionskarte USA zu ziehen. Das zeitliche Zusammentreffen von meinem Besuch in der US-Botschaft und der Nachricht, dass nun der Antrag bearbeitet werde, mag Zufall gewesen sein, richtig daran glauben, kann ich bis heute nicht.

Kindesentführung und ein

privates Begrüßungsgeld

Nun wurde also unser Ausreiseantrag bearbeitet, dies wurde uns mündlich auf dem Ministerium des Inneren in der Stadt Glauchau mitgeteilt, verbunden mit der Aufforderung keine weiteren Briefe oder Forderungen an die staatlichen Behörden zu stellen. Diesmal fehlte allerdings der Hinweis, dass wir, sollten wir weiter die Behörden belästigen, dies eine strafbare Handlung sei. Wir wussten nicht, wie dieses Bearbeiten aus sieht, nur was es für uns bedeutete: Bald haben wir es geschafft. In der Zwischenzeit hatten wir unser drittes Kind, nach zwei Söhnen eine Tochter, bekommen. Die örtliche Entbindungsklinik war in Meerane, einem Nachbarstädtchen. Dass ausgerechnet sie am 3. Oktober zur Welt kam und genau dieser Tag noch zum Feiertag werden sollte, hätten wir uns natürlich nicht träumen lassen. Ein paar Tage, wie das so üblich ist, sollten Mutter und Kind noch in der Klinik bleiben, und ich besuchte beide dort natürlich täglich.

Dann war unser Kind auf einmal weg. Als ich zur üblichen Besuchszeit eintraf, stand meine Frau mit gepackter Tasche vor der Tür, man hatte unsere Tochter abgeholt und nicht mitgeteilt, wohin sie gebracht wurde und warum. Wir bekamen keine Auskunft in der Klinik, wo das Baby ist, nur dass bei der letzten Untersuchung eine Unregelmäßigkeit im Bauch fest gestellt worden sei. Es war aber niemand zu sprechen, der irgendwie genauer Auskunft geben konnte. In der Entbindungsklinik war sie nicht mehr, also begannen wir sie zu suchen, klapperten alle möglichen Orte ab, fragten uns durch, schließlich, nach mehrstündiger Suche, fanden wir sie in einer Kinderklinik. Da war es schon Mitternacht vorbei und nur die sehr freundliche und hilfsbereite Nachtschwester dieser eher kleinen Kinderklinik, in der sich nun unsere Tochter befand, war dort. Die Schwester konnte uns nicht mitteilen, was mit dem Kind nicht Ordnung ist, es wäre ganz normal und unauffällig und auch ihre Kollegen hätten nicht verstanden, warum es in diese Klinik eingeliefert worden ist.

Wir wissen bis heute nicht, was hinter dieser Aktion steckte, ein neu geborenes Kind der Mutter einfach wegzunehmen, ohne genaue Begründung, und noch dazu keine Auskunft darüber, wohin es verbracht wird, war selbst in der DDR nicht normal. Unsere Vermutung war sofort, dass das mit dem Ausreiseantrag zu tun hat, was ja auch naheliegend war, allerdings wissen wir es bis heute nicht, ob dies so stimmt. Dem Kind fehlte jedenfalls nichts.

Gleich am nächsten Tag verlangte ich den Klinikchef zu sprechen und teilte ihm mit, wenn er mir nicht definitiv sagen könne, was mit unserer Tochter sei, werde ich sie abholen. Auch von ihm bekamen wir nämlich nur ganz vage Auskünfte. Dass da irgendwas im Bauch sei, was ganz schlimm sein könne, aber auch gar nichts zu bedeuten haben muss. Auf jeden Fall müsste sie weiter beobachtet werden. Er, der Klinikchef, wirkte sichtlich unwohl in seiner Haut, was unseren Verdacht natürlich verstärkte.

Ich muss wirklich noch mal meine Stasi-Akte einsehen, vielleicht findet sich da was drüber. Diese Ausreiseantrag-Serie hat nun in mir Erinnerungen wach gerufen, über Vorgänge die noch nicht geklärt oder persönlich aufgearbeitet wurden.

Da ich von diesen Vorgängen in einigen Blogposts erzählte, erreichen mich nun

Emails mit Vorwürfen, ich sei nie ein Opposi-
tioneller gewesen, da ich nicht im Knast war,
bis hin zu Kopien von Stasi-Akten, in denen
vermerkt ist, ob der Observierte zu Feiertagen die Flagge raus gehängt hat, meine Darstellungen also bestätigt werden. Nicht nur
ein bisschen habe ich den Eindruck, in der
ehemaligen DDR sind die gleichen Verdrängungsmechanismen wirksam, die die Gesellschaft in Westdeutschland nach dem Ende der
Nazizeit prägten. Nicht alles war schlecht, eigentlich waren wir dagegen, bis hin zu Ver-
schwörungstheorien. Ich will das nicht verur-
teilen, manchmal braucht es eben seine Zeit
um die Vergangenheit einigermaßen emoti-
onslos aufzuarbeiten. Mir gelingt das bis heute nicht.

Meinen Verdacht sagte ich dem Klinikchef
auf den Kopf zu, direkt und ohne Schnörkel,
und war kurz davor meine Selbstkontrolle zu
verlieren. Er brach daraufhin das Gespräch
ab, wollte sich mit mir nur noch unter Gegenwart eines Zeugen unterhalten. Dieser Zeuge
war ein weiterer Klinikangestellter, so wurde
er mir jedenfalls beim nächsten Gesprächster-
min vorgestellt. Noch immer wurde uns nicht
gesagt, was denn eigentlich mit unserer Tochter sei, nur irgendwelche nebulöse Ausflüch-

te. Ach ja, mit Sorgerechtsentzug wurde natürlich auch gedroht, falls wir versuchen das Baby abzuholen. Aber immerhin konnte meine Frau nun mehrmals täglich in die Klinik kommen, um unsere Tochter zu stillen. Nach ein, vielleicht auch zwei Wochen, wurde dann unsere Tochter aus der Klinik entlassen, ohne Diagnose oder uns mitzuteilen, was denn diese Beobachtung dort ergeben hätte. Auch der Kinderarzt konnte sich später keinen Reim darauf machen.

Ich frage mich bis heute, wie dieser Vorgang ausgegangen wäre, hätte es nicht diese freundliche Nachtschwester gegeben. Die ließ uns nämlich, in der Nacht als uns unsere Tochter zuvor weggenommen wurde, entgegen ihrer Vorschriften in die Kinderklinik hinein, damit wir überprüfen konnten, ob das eingelieferte Baby auch unseres sei. Diese Kindesentführung kann, muss nicht mit unserem Ausreiseantrag zu tun haben. Damals waren wir überzeugt, dass es so ist. Doch eigentlich ist dies nicht mal so wichtig, es wirft aber einen entlarvenden Blick auf eine Gesellschaft, in der es möglich ist, derart mit jungen Eltern umzugehen.

Und noch ein letztes Wort zu unserer Tochter, es hat mit ihrem Namen zu tun, den ich hier aber nicht nennen werde, wer es unbedingt wissen möchte, kann nach der zweiten Ehefrau des Schriftstellers Oskar Maria Graf googeln, nach ihr ist sie nämlich benannt, und nicht nach der Schwester des Moses, wie eine ältere Dame von der Kirchengemeinde meinte, als sie uns gratulierte. Es war eine taffe Frau, deren Namen unsere Tochter bekam, sie blieb als Jüdin auch nach der Machtergreifung der Nazis noch in Deutschland, obwohl sich ihr Mann schon im Exil in Österreich aufhielt, um bei der Reichstagswahl am 05.03.1933 ihre Stimme abzugeben. So berichtet es jedenfalls Rolf Recknagel in seiner Biografie über Graf mit dem Titel ›Ein Bayer in Amerika‹. Dieses Buch ist mir in einer Buchhandlung oder einem Antiquariat, in Weimar oder Erfurt in die Hände gekommen. Graf, wie auch Recknagel sagten mir vorher nichts, der Titel war es, weshalb ich es kaufte. Natürlich musste mein Kollege, der Ex-Lehrer, sofort seinen Senf dazu geben. Aber weniger zu Graf, sondern zu Recknagel, und dass der so eine tolle Biografie über B. Traven geschrieben hätte. Lehrer können manchmal unmöglich sein, auch wenn es sich um Ex-Lehrer handelt, möchten sie nicht zugegeben, mal was nicht gekannt oder gewusst zu haben, und lenken dann gleich ab.

Allerdings war der Hinweis ganz hilfreich, denn für diese Biografien begann ich mich zu interessieren, fühlte mich irgendwie schicksalsverwandt. Diese Leute hatten ja auch ihr Land verlassen, wenngleich nicht immer freiwillig, kamen aber dennoch nie davon los. Vor allem Graf schrieb in seinem späterem New Yorker Exil einige seiner wohl bekanntesten Werke. Und ich fragte mich, ob es mir nicht vielleicht genauso gehen würde, ob ich in einer neuen freien Gesellschaft mich dennoch immer weiter mit dem Ort und den Menschen meiner Herkunft und Heimat beschäftigen würde. Die Frage ist bis heute virulent, auch der Vergleich zu den Exilanten noch aktuell. Warum sind so viele nicht nach Deutschland zurückgekehrt, als die Nazis besiegt waren? Zumindest für mich kann ich es beantworten. Es ist diese unzureichende Aufarbeitung der Vergangenheit, die durch Verdrängungsmechanismen geschönt wird, es war ja alles nicht so schlecht. Opportunisten deuten ihre Vergangenheit um, sehen ihr Verhalten nun als Widerstand (warum muss ich hier nur an Günter Grass denken?), Stasileute werden in Parlamente gewählt, ohne dass ein Riesenaufschrei geschieht. Und die SPD, diese Verräter, legen sich mit Gysi und Konsorten ins Bett. Nicht nur in Thüringen, dort aber als Steigbügelhalter besonders widerwärtig.

Adenauer sagte nach dem Krieg: „Man schüttet kein dreckiges Wasser aus, wenn man kein reines hat!" Und meinte damit, wir müssen eben die alten Nazis und Mitläufer weiter beschäftigen, weil es aus pragmatischer Sicht kaum anders geht. Genauso wurde auch nach der Wende in den neuen Bundesländern gehandelt oder nicht gehandelt, wie man will. Nein, ich vergleiche nicht die DDR mit den Nazis, sondern erkenne nur gemeinsame Mechanismen in der Aufarbeitung der Vergangenheit, und im Neuanfang nach dem Zusammenbruch des alten Systems. Heute verstehe ich die alten Exilanten wie Oskar Maria Graf und die vielen andern, warum diese nicht ins Nachkriegsdeutschland zurückkehren konnten, mir geht es ähnlich. Schon der Gedanke, wieder zurück, auf das Gebiet der ehemaligen DDR zu gehen, löst heftige Unruhe in mir aus.

Das letzte halbe Jahr für uns in der DDR ist dann eigentlich recht ruhig verlaufen. Wir wussten ja, wie es der Reihe nach weiter gehen würde, wenngleich eine Sicherheit deswegen nicht bestand. Eine Nachbarin meldete

Interesse an unseren Grünpflanzen an, nichts richtig aufregendes. Dann ging es aber ganz schnell. Entlassung aus der Staatsbürgerschaft, Wohnungsaufgabe, Laufzettel. Als Highlight natürlich die Abgabe des Wehrpasses. Gemustert war ich ja und als Verweigerer des Wehrdienstes mit der Waffe, den Pionieren zugeordnet wurden. Meines Wissens geschah dies mit allen sogenannten Bausoldaten. Eine kleine Schikane diesbezüglich war, dass man diese Bausoldaten erst sehr spät einzog, wenn sie schon Mitte zwanzig oder älter waren. So kam ich um den Wehrdienst, mit dreiundzwanzig habe ich die DDR verlassen.

Abschied auf dem Bahnhof, einige Freunde und Kollegen kamen, obwohl sie wussten, oder annehmen mussten, dass von der Stasi registriert wird, wer sich von uns verabschiedet, wer sich da einfindet. Viele, von denen auf dem Bahnhof, sollten uns später folgen. Das war das Problem für die DDR oder die SED. Ein jeder Ausgereiste zog quasi automatisch mehrere mit, nach dem diese das Prozedere miterlebt hatten, wurde es zur realistischen Option der Lebensplanung.

Mit drei oder vier Koffern, ein paar Tüten und drei kleinen Kindern, das jüngste neun

Monate alt, stiegen wir in den Zug ein, und verspürten kein bisschen Wehmut, über das was wir zurückließen. Auch später kam ein solches Gefühl nicht mehr auf, zumindest bei mir nicht, meine damalige Frau habe ich seit mindestens zwanzig Jahren weder gesehen noch gesprochen, gehe aber davon aus, dass es bei ihr nicht anders ist.

Im Zug schauten dann einige Mitreisende neugierig zu uns, denen fiel unser sächsischer Dialekt auf, das Gepäck und die Kinder. Kurz nach der Grenze, bei einem Halt an einem Bahnhof, half ich einer älteren Frau beim Aussteigen, trug ihren Koffer raus. Sie drückte mir einen Zwanzigmarkschein in die Hand und sagte: „Willkommen im Westen." Offensichtlich hatte sie uns beobachtet. So war unser erstes Westgeld, unser Willkommensgeld, eines von einer Bürgerin, die uns ganz persönlich Willkommen hieß.

Sie steht sinnbildlich für eine Gesellschaft, die der Menschen in der Bundesrepublik, die uns auch später niemals das Gefühl gaben, eventuell nicht willkommen zu sein. Unsere Zugehörigkeit stand, trotz sächsischen Dialekt, niemals infrage.

Epilog: Eine Lüge wurde wahr

Irgendwann gegen Mitte der neunziger Jahre, wollte mein ältester Sohn mehr über seinen Geburtsort wissen. Also besuchten wir meine Eltern und seine Großeltern, ich zeigte ihm den Ort, an dem er das Licht der Welt erblickte und seine ersten Schritte tat, den Neubaublock in dem wir vorher wohnten, die Schule und die Kirche.

Mein nun seit einigen Jahren ebenfalls in Stuttgart lebender Bruder war auch gerade dort zu Besuch und ging auf einen Besuch in seine frühere Stammkneipe, zum Fischer Lothar, wie wir sie der Einfachheit genannt haben, nach Schönbörnchen. Dabei nahm er meinen Ältesten mit.

Als die beiden zurückkamen, war mein Sohn sichtlich verstört, meinte, dass er sich das nicht noch mal antut. Viele derer, die in dieser Kneipe saßen, waren auch nach der Wende nicht aus ihrem Ort raus gekommen, doch, ausgerechnet diese, schwangen die großen Reden und wussten alles ganz genau.

Das fand er verstörend, wusste nur noch

nicht, dass das im Westen nicht anders ist und dass auch da die, die am lautesten schreien, nicht unbedingt die mit der meisten Erfahrung sind.

Allerdings wurde ich auf der Rückfahrt nach Stuttgart mit Fragen bombardiert, er wollte verstehen was er gesehen und gehört hatte. Ich antwortete, so gut ich konnte. Irgendwo zwischen Nürnberg und Heilbronn, wurde er dann ganz still, einige Minuten.

„Papa", so unterbrach er die Stille, „Papa, Danke! Danke, dass ich dort, in der DDR, nicht aufwachsen musste."

Ich musste mir ein paar Tränen des Glücks verschämt von der Wange wischen. Die Begründung unseres Ausreiseantrags mag vielleicht vorgeschoben gewesen sein, eine nützliche Lüge, am Ende war sie aber doch wahr geworden.

Quentin Quencher

Geboren 1960 in Glauchau, Sachsen, wuchs Quentin in der ehemaligen DDR auf, die er 1983 verließ. Seine Heimat war es nicht, die er verlassen hat, er war nie heimisch dort. Auch der Westen, oder das wiedervereinigte Deutschland, wurde ihm nie ein Zuhause. Immer ist sein Blick der eines Außenstehenden. Hier wir dort, heute wie damals. So ist er ein Vagabund zwischen den Welten, immer das infrage stellend, was als Selbstverständlichkeiten in Gesellschaften angenommen wird. Nach mehrjährigem Aufenthalten in Asien lebt er heute mit seiner Familie in Baden-Württemberg.

Texte von Quentin Quencher erscheinen regelmäßig in seinem Blog Glitzerwasser und auf der Achse des Guten.

Auch als Buch erschienen:

Quentin Quencher
Der Mitläufer
    Imagenationen
    Paperback
    104Seiten
    ISBN-13: 9783734727290
    Verlag: Books on Demand
    Erscheinungsdatum: 05.03.2018
    € 7,50

Quentin Quencher
Chlorhähnchen esse ich jederzeit
    Aufzeichnungen
    Paperback
    148 Seiten
    ISBN-13: 9783744895590
    Verlag:Books on Demand
    Erscheinungsdatum: 17.08.2017
    € 8,50